I0552993

www.ingramcontent.com/pod-product-compliance
Lightning Source LLC
Chambersburg PA
CBHW072214170626
46813CB00003B/935

* 9 7 8 1 7 3 6 1 2 9 1 2 8 *

گوهر

نوشته : مهین شاهین پر

شناسنامه کتاب

نام کتاب گوهر
نقاشی روی جلد مهین شاهین پر
نویسنده مهین شاهین پر
ویراستار مهشید آژیر
جلد و صفحه بندی علی توکلی
تاریخ انتشار جولای۲۰۲۱
محل انتشار کالیفرنیا آمریکا
شماره ISBN ۹۷۸۱۷۳۶۱۲۹۱۲۸
این کتاب بوسیله شرکت چشمه کتاب از انتشارات ماهنامه خدنگ برای چاپ آماده گردیده و در سایت آمازون و چشمه کتاب برای فروش میباشد
برای تهیه این کتاب به منابع زیر مراجعه نمایید
شرکت نشر کتاب ۹۴۹-۲۶۴-۲۲۰۳

و یا در روی تارنمای آمازون به آدرس زیر کتابهای مهین شاهین پر مراجعه نمائید

http://www.amazon.com/

فصل اول

تو نیستی که ببینی

چگونه عطر تو در عمق لحظه ها جاریست!

چگونه عکس تو در برق شیشه ها پیداست!

چگونه جای تو در جان زندگی سبز است !

فریدون مشیری

تقدیم به همه کسانیکه با عشق زندگی میکنند!

سر آغاز

آنچه در این کتاب می خوانید سر گذشت شیرین و تلخ خانواده ایست که از بد حادثه ، بعد از انقلاب ایران مثل میلیونها ایرانی دیگر به اطراف دنیا پراکنده شدند ،آنها هم از پایگاه رفیع خود فرو افتادند و برای رهائی از سقوط ، بی پروا به آب و آتش زدند تا بتوانند مسیری طبیعی و عادی را ادامه دهند.

با صدای چند زنگ ، به خانه ای وارد میشود و خیلی ساده تر از آنچه تصور کنید پذیرای شغلش میشود، و بعد از چندی فقط با گوش کردن به ندای دلش و لرزیدن ، از خودش سئوال میکند که چرا دل را پرواز دادی؟ و به خواست دلت گوش کردی ؟

ولی امروز گوهر فکر میکند که ارتباطات و ایجاد وابستگی ها آنقدر ساده هستند که مثل خون در رگها جاری میشوند، با کمی گذشت و احساس ، عشق با تمام تقدیس و زیبائی خود را نشان میدهد .

اما در این روزگار چقدر سخت است که بشنویم به سادگی گوهر عاشق شده و بی پیرایه عشقش را بیان میکند !هر چند که همگان معتقد بودند که غیر ممکن است ، اما گوهر با قدرت به عشق توانست آن را ممکن سازد.

اگر بتوانیم نقاب دو روئی را برداریم و بی دریغ احساساتمان را نشان دهیم ، شاید آدمی را آنچنان امیدوار نگه دارد ،همانا اعتقاد به پیروزی عشق!

قهرمان قصه این کتاب از آن گروه کسانی بود که به نقابها عادت نداشت و بی دریغ احساساتش را نشان میداد .

به امید اینکه از خواندن این کتاب لذت ببرید

مهین شاهین پر

امروز روز فارغ التحصیلی دانشجویان رشته دکترای دانشگاه سانفرانسیسکو بود . دانشجویان همه در لباس فارغ التحصیلی با دلی شاد و اشک شادی در چشم در صفی ایستاده بودند تا نام آنها خوانده شود و مدرک دکترای خود را دریافت نمایند.

گوهر در صف دانشجویان فارغ التحصیل ایستاده و منتظر بود تا نام او را صدا بزنند ، چه لحظه با شکوهی بود دختر زیبایش مروارید با عشق و علاقه دوربین بدست منتظر لحظه ای بود که مادرش برای دریافت مدرک دکترا ازپله های سکوی بالا برود.

چشمهای گوهر خیس اشک شده بود جای خالی آرمین را احساس میکرد ! اگر او زنده بود ، اگر او نمرده بود! حالا در این شادی گوهر حضور داشت . یاد آرمین سراسر خیال گوهر را پرکرد و فراموش کرد که کجاست و منتظر چیست؟ناگهان انگار سالها به عقب بازگشت .. به روز اولی که آرمین را دیده بود.

***

هوای سرد پائیزی سان فرانسیسکو شروع شده بود ،
گوهر در اتوبوسی نشسته و از پنجره آن به بیرون نگاه میکرد ،باد
برگهای زیبای پائیزی را در هوا میرقصاند و گوهر از دیدن آن لذت
میبرد.گوهر شاید از دختران نسل قدیم بود ،نسلی آرام و کتاب
خوان نسلی که با کتاب های ژان ژاک روسو و صادق هدایت جان
گرفته بود ، ولی دست حادثه او را به اینجا کشانده بود . خانواده
گوهر پس از انقلاب ایران به امریکا مهاجرت کرده بودند . آنها
فامیل ثروتمندی نبودند ، پدرش علی در یک شرکت کوچک
بکار مشغول بود ، سوگل مادرش هم کارهای خانه را میکرد . پدر
بزرگ هم با آنها زندگی میکرد .صدف خواهر کوچکتر او هنوز به
مدرسه میرفت و درس میخواند، اما گوهر پس از فارغ التحصیلی
از دبیرستان دیگر ادامه تحصیل نداده و برای کمک به خانواده
خود در یک رستوران بکار مشغول شد، حقوق زیادی نمیگرفت
اما بازهم برای خانواده او کمک بزرگی بود . گوهر از آن دختران

ایثارگری بود که کمتر نظیر آنها دیگر وجود دارد . همه ی ذکر

و خیرش در مورد خانواده بود . نه دوست پسری داشت نه برای خودش خرید میکرد، تنها چیزی که گاهی میخرید کتاب بود . کتابها دوستان او بودند ، حتی دوستی هم نداشت که با او بیرون برود . انگار وظیفه او چرخاندن چرخ زندگی خانواده بود . روزها به سر کار میرفت و شبها هم به کتاب خواندن مشغول بود و گاهی شبها هم با خواندن غزلی از حافظ فضای خانه را عوض میکرد. هر از گاهی مادرش در مورد ازدواج با او سخن میگفت و او فکر میکرد اگر ازدواج کند پدر او چگونه خواهند توانست بار زندگی را به تنهایی بچرخاند. او دختر بسیار زیبایی بود با اندامی ریز نقش ،چشمانی درشت و سیاه، صورتی کشیده و موهای پر پشت خرمایی بارها مشتری های رستوران از او خواسته بودند که با آنها دوست شود ،ولی گوهر در دنیای خیالش بدنبال یک عشق افلاطونی بود و هرگز به دوست پسر گرفتن فکر نمیکرد .آنها در یک آپارتمان کوچک زندگی میکردند که سه اتاق کوچک داشت ولی برای آنها که با عزت نفس زندگی میکردند بسیار هم کافی بود .

شغل در رستوران اولین کار گوهر بود ،محیط رستوران را خیلی دوست داشت .همه کارهایی که در آنجا انجام میداد همراه لذت و خشنودی بود. بخصوص وقتی درها و پنچره هارا باز میکرد ، هوای تازه ای که با باز شدن درها وارد سالن رستوران می شد آرامش و لذتی به او میداد . رستوران همیشه شلوغ بود ،، غذاهای این رستوران خیلی متنوع و زیبا تزئین میشدند . مشتریهای این رستوران از همه نوع مردمی بودند ، مردان مجردی که نمیتوانستند آشپزی کنند و یا پیر مردان و پیرزنانی که دلشون میخواست هفته ای یکی دوبار به رستوران بروند و با دیگران غذا بخورند و احیانا گپ و گفتی با هم داشته باشند . یا کارمندانی که فرصت کتاب و یا روزنامه خواندن را نداشتند همگی در این رستوران جای داشتند . گوهر گاهی از صحبت کردن با آنها لذت میبرد.

***

آن روز صبح گوهر مثل همیشه صبحانه کوچکی خورد و موهای بلندش را با کش به پشت سرش بست و روانه کار شد . در راه فکر میکرد که یادش رفته ژاکت خودش را بردارد و امیدوار

بود که هوا سرد نشود .

وقتی به رستوران رسید، کارهای معمول را انجام داد و یک موزیک شاد گذاشت برای جذب مشتریهای صبحگاهی . پنجره ها را باز کرد تا هوای تازه را بداخل سالن بکشاند . مشغول کارهای روزانه اش بود که صاحب رستوران او را صدا زد . بنظرش قیافه صاحب رستوران در هم بود با خودش فکر کرد که شاید کاری کرده که او ناراضی است !!؟ صاحب رستوران بسویش آمد و به او گفت :"کارت که تمام شد ،باش با تو صحبت دارم ."

نگرانی تمام وجود گوهر را گرفت آیا کاری کرده که رئیس از دست او ناراحت است ؟ نمیتوانست افکارش را جمع و جور کند. گوهر مثل یک کاسه چینی بود که زود می شکست ، چه شده؟ از اینکه کارش را از دست بدهد بر خود میلرزید !! نکند در کار کوتاهی کرده باشد ؟ آخر وقت پیش بندش را باز کرد و به جا لباسی آویخت و با چهره ای نگران پیش صاحب رستوران رفت .

صاحب رستوران قیافه ای نگران داشت که بر اضطراب گوهر می

افزود وبا صدای غمگینی گفت :

"متاسفم گوهر ولی امروز روز آخر کار تودر اینجاست."

گوهر ناگهان رنگش پرید و خودش را باخت خدایا از او تقصیری
سر زده که رئیس میخواهد او را بیرون کند؟

با نگرانی پرسید :"من کاری کرده ام که شما را ناراحت کرده؟"

رئیس جواب داد :" نه تو خیلی هم خوب کار میکنی اما متاسفانه
برای من یک مشکل خانوادگی پیش آمده مادرم در کشور خودم
سخت مریض است و من مجبورم که بروم و رستوران را باید
ببندم ."

اشکهای گوهر بر روی صورتش می ریخت ،با خود اندیشید، پس
من چه بایدم کرد ؟ کجا کار کنم ؟ مگر کار پیداکردن به این آسانی
است!!؟ .صاحب رستوران که متوجه نگرانی او شده بود با لحن
مهربانی گفت:

"نگران مباش گوهر تو تا سه ماه حقوق خواهی گرفت و به اندازه

کافی وقت برای پیدا کردن کار جدید داری !!"

گوهر با چشمانی خیس با رئیسش خداحافظی کرد ، بسوی ایستگاه اتوبوس براه افتاد . انگار مه و ابر آسمان را پوشانده بودند ، گویی به انتهای دنیا رسیده بود ، چگونه این خبر را به خانواده اش بدهد؟ در این فکر ها بودکه اتوبوس رسید . هوا سرد شده بود و او ژاکت نداشت اما برایش مهم نبود ، قلب کوچکش بیشتر از آنکه سرما را احساس کند از غصه بیکاری یخ زده بود .

معمولا وقتی شبها به خانه میرسید ابتدا سلامی به مادرش میکرد و بعد به احوال پرسی با بقیه خانواده مشغول می شد . اما آن شب آنقدر دلش گرفته بود که سری تکان داد و مستقیم به طرف اتاق خودش رفت .روی تخت افتاد و نامه بی کاریش را در دست گرفته و به آن خیره مانده بود !! اگر در عرض سه ماه کار پیدا نکند چه کند ؟ خانواده او به در آمدش احتیاج داشتند . مادرش که از رفتار او نگران شده بود خودش را به اتاق گوهر رساند و با نگرانی پرسید:

"عزیزم چی شده ؟ اتفاقی برات افتاده ؟ کسی ترا اذیت کرده ؟"

گوهر که انگار همه روز را منتظر این بود که خودش را به مادرش برساند ،به آغوش او پرید و با گریه گفت:

"مامان بیکار شدم ..کارم را از دست دادم!!"

مادرش مثل یک تیکه برف زیر آفتاب ذوب شد و با صدای گرفته ای پرسید:

"حالا چه میشه ؟ چکار کنیم ؟"

اما وقتی قیافه درهم و اشکهای گوهر را دید ..ناگهان بخود آمد و در دل گفت اکنون باید بفکر این گل پرپر شده ام باشم .. نباید بگذارم او بخاطر ما اینقدر زجر بکشد هرچند میدانست که مشکلات بزرگی در راه خواهند داشت لبخندی زد و گفت :

"عزیزم بیا بریم یه چایی داغ بخور خدا بزرگ است کار پیدا میکنی "

گوهر که این رفتار مادرش کمی به او دلگرمی میداد با قوت قلب

بیشتری جواب داد:"مامان تا سه ماه حقوقم را خواهم گرفت "

مادرش او را بوسید و گفت:"عزیزم غصه نخور خیلی وقت داری بیا بریم با هم یه چایی مادر دختری بخوریم "

مدتی بعد پدرش از کار برگشت ..و ساعتی بعد همه دور میز غذا

خوری نشسته بودند و حرف میزدند . بطور حتم این بیکاری به زندگی آنها لطمه میزد و او باید هرچه زودتر کار پیدا کند . پدر با درماندگی گفت :

"حالا چکار کنیم ؟ کرایه خانه را چطور بدهیم ؟"

گوهر سعی میکرد که آرامش را به آنها باز گرداند و با دستپاچگی گفت:

"بابا جان فردا میرم اداره کار یابی مطمئن باشید قبل از اینکه حقوق بیکاری من تموم شود من کار پیدا میکنم . فعلا که تا سه ماه حقوق میگیرم !!"

پدرش با درماندگی گفت :"فقط سه ماه ؟ بعدش چکار کنیم ؟"

مادرش سوگل که درماندگی را در حرکات دخترش میدید نگاهی هشدار دهنده به شوهرش کرد وبا لحن هوشیار دهنده ای گفت :

"دنیا که به آخر نرسیده !! کار پیدا میکنه!!"

بعد به طرف گوهر که با این سن و سال کم ، این همه مسئولیت روی شانه های لرزانش داشت ومثل شاخه درختی می شکست رفت و او را بغل زد و گفت :

"دختر عزیزم غصه نخور کار میگیری ما هم کار میکنیم"

مادرانه صورتش را بوسید و دست نوازش بر موهایش کشید این غنچه نو نهال نباید قبل از شکفتن پژمرده شود و سوگل مثل باغبانی که از گلهایش نگهداری میکند او را در آغوش گرفته بود "عزیز دلم غصه نخور"

شانه های ضعیف گوهر از گریه میلرزید خودش را باعث بدبختی خانواده اش میدانست .بلند شد و به طرف اتاقش براه افتاد سوگل

خودش را به او رساند و بغلش کرد همراه او تا دم تختش رفت گوهر روی تخت دراز کشید حالا چه میشود ؟ سوگل گونه اش را بوسید و پتویی را روی او کشید و گفت:

"آرام باش دخترم همه چیز درست میشود ."

گوهر درمانده زانویش را به توی شکمش جمع کرده و اشک می ریخت و صدای پدرش را می شنید که به صدف میگفت:

"هیچ کار دیگه ای بلد نیست حالا ما چکار کنیم ؟ اگه کار پیدا نکنه چکار کنیم !! حقوق من و پدر بزرگ که زندگی رو نمی چرخونه !!؟"

پدر بزرگ پس از فوت مادر بزرگ خانه خودش را ترک کرده بود و با آنها زندگی میکرد که هم آنها از او نگهداری کنند و هم حقوق بازنشستگی او کمک خرج اینها باشد . اما با وجود این بدون حقوق گوهر زندگی لنگ می ماند . سوگل خودش را به کنار شوهرش رساند و با صدایی آهسته که در آن خشم بود گفت :

"علی بس کن .. نمی بینی خودش چقدر ناراحته ؟ خوب چکار

کنه این که کارشو ول نکرده رستوران بسته شده ."

اما علی مرتب میگفت او کار دیگری بلد نیست . آنها چکار باید بکنند؟

گوهر پتو را روی سرش کشید تا صدای پدرش را نشنود و اینکه آنها هم هق هق گریه او را نشنوند و در دل دعا میکرد که هر چه زودتر کار پیدا کند .

***

فردا صبح بیدار شد ..همه دور میز نشسته بودند کمی آرامتر از دیشب . گوهر صبح بخیری گفت و کنار آنها نشست . پدرش نگاهی به او کرد و گفت :

"تو میتونی توی نونوایی کار کنی !! اصلا چطوره شیرینی پزی راه بیندازی ؟"

مادر دوباره نگاه خشمگینی به شوهرش کرد و گفت :

"گوهر هر کاری را میتونه انجام بده ..چطوره بری کلاس یه کمی

کامپیوتر یاد بگیری بعد توی یه شرکت یا اداره کار کنی "

گوهر لب هاشو جمع کرد تا گریه نکند آهسته گفت :

"من میرم اداره کاریابی آنجا ثبت نام میکنم ..خیلی زود میرم سرکار اینقدر نگران نباشید "

دوباره بلند شد و رفت توی اتاقش .سوگل سعی میکرد که نگرانی علی را کم کند که اینقدر سرکوفت به این دختر نزند . آخر مگر او مجبور بود که برای خانواده نان بیاورد؟

گوهر در اتاقش را بست که دیگر صدای آنها را نشنود . آن روز دلش نمیخواست هیچ کاری بکند .از پنجره به بیرون نگاه کرد ..نم نم باران درختها را خیس میکرد اما دل او آنقدر گرفته بود که از هیچ چیز لذت نمیبرد ،با خودش گفت.

من سر بار زندگی خانواده ام هستم .. من میدونستم که تا آخر عمرم در آن رستوران کار نخواهم کرد اما انتظار چنین واکنشی از اینها را هم نداشتم !!من سربار زندگی شان شدم ..اگر کار پیدا نکنم چه کنم نمیشه که اینطور بشینم و غصه بخورم باید بدنبال

کار برم شاید برم سلمانی یاد بگیرم و توی یه آرایشگاه کار کنم.

حوصله اش سر رفته بود او هیچوقت تمام روز در خانه نمانده بود بیشتر روز را در اتاقش ماند و به آینده فکر کرد باید از صفر شروع کند و از چیزی نترسد .

فردا صبح بیدار شد حالش کمی بهتر بود بلند شد لباس قشنگی پوشید در آیینه نگاهی به خودش کرد کمی هم روژ لب زد بعد با یک گیره موهایش را بالای سرش جمع کرد و از اتاق بیرون آمد

مادرش طبق معمول صبحانه را روی میز چیده بود . لقمه ای غذا برداشت و به سوگل گفت "

" ظاهرم چطوره آراسته شدم ؟"

سوگل نگاهی به او کرد و گفت:" تو همیشه خوشگلی دختر خوبم هر چی بپوشی بهت میاد."

نگاهی مملو از عشق به مادرش کرد و ژاکتش را برداشت و از خانه خارج شد. پائیز در اوج خود بود . در اثر باد و باران دیشب

سراسر خیابان ها را برگ پوشانده بود و طراوت هوای بارانی دلچسبی را به وجود آورده بود .فصل خزان در نظر خیلی ها فصل غم انگیزی است اما برای گوهر طبیعت خزان زیبا بود او احساس سر خوشی و نشاط میکرد .روز های بارانی را خیلی دوست داشت احساساتش مثل یک روز آفتابی متبلور می شد. گوهر در سن بیست و دوسالگی بود ، دختری ظریف ، زیبا ،دوست داشتنی با اندامی باریک و موهای نه چندان روشن. شاید کمی بلوطی رنگ . با اطمینان خاطر به طرف دفتر کاریابی رفت .

خیلی محکم جدی و با اعتماد به نفسی که داشت بخود میگفت:

که حتما موفق خواهم شد.. .

با قدمهای محکم وارد اداره کاریابی شد سلامی به مسئول آنجا کرد و با لبخندی گفت :"اگهی شما را برای کار دیدم من دنبال کار میگردم !"

مسئول از او پرسید:" شما چه کاری بلد هستید؟"

گوهر لبخندی زد و گفت:

" دوسال در یک رستوران کار کردم اما هر کار دیگری را هم میتوانم انجام دهم "

مسئول اسم چند نوع کار را که داشت گفت ولی هیچ کدام بدرد او نمیخورد .او جثه ای ظریف داشت و کارهایی که مسئول پیشنهاد میکرد از او بر نمی آمد . مسئول گفت:

" شما فرم را پر کنید و شماره تلفن بگذارید اگر کاری مناسب شما پیدا شد بهتون خبر میدم ."

گوهر به خانه بازگشت . خیلی کلافه بود .. اگر نتواند کار پیدا کند چه خواهد شد ؟ مرتب به تلفن نگاه میکرد انتظار داشت زنگ بزند و خبری از کار بشود .

ناگهان تلفن زنگ زد او از جا پرید و کوشی را برداشت .

" خانم گوهر؟"

گوهر با خوشحالی جواب داد:" بله "

"لطفا یک سر به آژانس بیایید کاری برایتان پیدا کردیم ."

گوهر چشمی گفت و با عجله لباس پوشید و راهی آژانس شد .
یعنی همین امروز کار پیدا خواهد کرد؟

روبروی مسئول آژانس نشست . او نگاهی به کامپیوتر روی میز
کرد و گفت "

" این ایمیل تازه برای ما آمده شما پرستاری بلد هستید ؟"

گوهر تا بحال این کار را نکرده بود از او بیشتر توضیح خواست
مرد گفت :" یک جوان مریض است که بیماری جسمی دارد . از

خانواده خیلی خوب شهر که حقوق خیلی خوبی هم میدهند، اما
کارش سنگین است ، البته بیشتر از یک پرستار به یک همدم
برای او احتیاج دارند آیا میتوانید این کار را بکنید ؟ خانه آنها هم
تقریبا به خانه شما نزدیک است ."

گوهر فکر کرد که حالا برود و او را ببیند شاید از عهده این کار بر نیاید!!
" کی میتوانم آنها را ببینم ؟"

مرد جواب داد:" شما به خونه برگردید من با آنها قرار میگذارم و

به شما زنگ میزنم ."

کیفش را برداشت و از در آنجا بیرون آمد . باران تندی می بارید
چترش را باز کرد و به طرف ایستگاه اتوبوس براه افتاد . آشفته
در زیر باران قدم میزد حالا چه خواهد شد ؟ اگر آنها او را نپسندند
چه طور میشود؟ اصلا آیا او از عهده چنین کاری بر خواهد آمد ؟
اتوبوس رسید . چترش را بست و سوار شد روی یک صندلی
نشست و به بیرون به باران زیبای پائیزی خیره شد .

وقتی به خانه رسید مادرش با نگرانی پرسید :" چه خبر؟"

او جواب داد :"قرار است به من خبر بدهند که میخواهند مرا
ببینند یانه "

به طرف اتاقش رفت لباس های خیس را در آورد ، لباس راحتی
پوشید و نواری از هایده که خیلی دوست میداشت گذاشت و
کتابی که نیمه خوانده بود برداشت و شروع به خواندن کرد .چقدر
سرنوشت او به سرنوشت قهرمان داستان این کتاب شباهت داشت
انگار زندگی خودش را میخواند .

شب فرا رسید پس از شام زنگ ساعت را برای فردا هفت و نیم کوک کرد و خوابید. با صدای زنگ ساعت بیدار شد . نفس عمیقی کشید خدا کند که امروز او را برای مصاحبه بخواهند .آیا امروز میتواند به آن خانه برود و آن مریض را ملاقات کند؟

بعد از خوردن صبحانه در انتظار زنگ تلفن بیقرار شده بود که ناگهان تلفن زنگ زد و یکی پرسید :" خانم گوهر؟"

با خوشحالی جواب داد بله

" امروز بعد از ظهر ساعت دو باید به منزل خانم دکتر سمندریان

بروید "و بعد آدرس را داد

گوهر با خوشحالی آدرس را نوشت و تشکر کرد .با عجله لباس پوشید کمی بخودش رسید ..دو سه بار لباسش را عوض کرد میخواست خوب بدرخشد . بالاخره بطرف آدرسی که داشت براه افتاد . در دلش اضطرابی موج میزد که چه اتفاقی خواهد افتاد .

***

بالاخره به آن خانه رسید ! از بیرون معلوم بود که خانه بسیار بزرگی است . زنگ در خانه را بصدا در آورد. خیلی نگران ولی مصمم بود باید اینکار را بگیرد . زن جوانی که بعد ها فهمید مستخدم خانه است در را برویش گشود. گوهر خودش را معرفی نمود و دختر جوان او را به داخل خانه دعوت کرد . گوهر از دیدن این خانه اشرافی در حیرت بود .خانه بسیار زیبا تزئین گشته و همه چیز زیبا بود . خانه ای به قشنگی یک قصر. دختر او را به پشت در اتاقی راهنمایی کرد و گفت :

" خانم اینجا منتظر شما هستند بفرمائید داخل"

گوهر با اضطراب وارد اتاق شد اتاق بسیار بزرگ که دکور زیبائی داشت و کف اتاق فرش ایرانی انداخته شده بود پشت میزی خانم زیبا و خوش لباسی نشسته بود با دیدن گوهر بلند شد و بسوی او آمد دستش را دراز کرد تا با او دست بدهد و سپس خودش را معرفی کرد

" سیمین سمندریان هستم "

گوهر کمی بر اعصابش مسلط شده بود جواب داد :

" سلام من هم گوهر هستم "

خانم سمندریان او را بطرف یک صندلی راهنمایی کرد و تعارف
کرد تا بنشیند و سپس شیده همان زن جوانی که او را به اینجا
آورده بود صدا زد و گفت :

"شیده برای خانم گوهر چایی بیاورید ."

گوهر به تزئینات اتاق نگاه میکرد که چه دقتی در آن بکار رفته ..
خانم سمندریان از او پرسید

" شما تا بحال پرستاری کرده اید ؟ پرستاری یک آدم فلج؟"

گوهر که دختر بسیار با وجدانی بود و هرگز دوست نداشت دروغ
بگوید جواب داد

"نه .. من پرستار نیستم ..اما سعی میکنم هر چه به من بگویید
یاد بگیرم و اجرا کنم ."

خانم سمندریان نگاهی به او کرد و گفت:

"این کار هم خیلی آسان است و هم خیلی مشکل!!پسر من به
بیماری ام اس دچار میباشد و روی صندلی چرخدار است . البته
کارهای سنگین را مثل برداشتن و گذاشتن ، حمام کردن ، لباس
عوض کردن وغیره را آقایی به نام متین انجام میدهد . شیده هم
کارهای خانه را میکند ، شما باید غذای او را بدهید ، دواهای او
را سر ساعت بدهید کنارش بنشینید و بیشتر از هر چیز همدم او
باشید . چون من دکتر جراح هستم و بیشتر روزم را در اتاق عمل
میگذرانم .. یکی را میخواهم که یار غم خوار او باشد و از تنهایی
او بکاهد"

خانم سمندریان به پا خواست و به او گفت که دنبالم بیا و خانه را
به او نشان میداد

گوهر با خودش فکر میکرد:آیا از عهده این کاربر خواهم آمد من
چگونه همدم کسی شوم که او را نمی شناسم ؟ همانطور که او
حرف میزد از سالن های بزرگی رد می شدند که تزیینات بسیار
زیبائی داشت که گوهر هرگز ندیده بود ،با صندلی های مخملی
سلطنتی و پرده های یراق دوزی بسیار گران که بیشتر شبیه کاخ

های توی قصه بود تا خانه یک ایرانی در سانفرانسیسکو .. خانم سمندریان بدقت به صورت گوهر نگاه میکرد . گوهر احساس میکرد که پشت این ظاهر آرام بیقراری زیادی موج میزند و حرفهایش گاهی ضد و نقیض میشد ناگهان از گوهر پرسید :

" شما از طرف آژانس آمدید؟"

گوهر تعجب کرد خوب معلوم است که از طرف آژانس آمدم.. اما انگار خانم دکتر وسواس داشت شاید هم می ترسید که گوهر قبول نکند . گوهر در نگاهش عجزی میدید .

در ضمن راه رفتن اتاق هائی را که او باید در طول روز بیمار را میبرد به او نشان میداد شاید هر کدام این اتاق ها از همه خانه آنها بزرگتر بود. با دکورهای زیبا و فرشهای گران ایرانی . جلوی دری ایستاد و گفت پرونده شما را ببینم .گوهر بار دیگر متوجه شد که چه روان پریشانی دارد . شاید حق دارد کسی که پسرش باید تمام روز را روی یک صندلی بگذراند ..باید هم چنین پریشان باشد! پس از برسی پرونده او گفت:

"آقای متین پرستار دیگر هستند که وقتی شما می آیید او میرود باید طبق دستوری که برایت مینویسم داروها و غذای او را بدهی ، باید بتوانی او را با صندلی چرخدار حرکت دهی و برای زمانهای مختلف به اتاقی ببری، فکر میکنی میتوانی این کار را انجام دهی؟برای این کار پولی خوبی میدهم بیست و پنج دلار درساعت .

گوهر کم مانده بود که به زمین بیفتد، این حقوق دو برابر حقوقی بود که از رستوران میگرفت . باید این کار را قبول کند . با لبخندی گفت :

"شما هر چه دستور بدهید من انجام میدهم، من قوی هستم و میتوانم کارهای سخت را خوب انجام دهم ."

خانم سمندریان دوباره تاکید کرد که:

" پسر من بیشتر از یک پرستار به یک دوست احتیاج دارد! خواهش میکنم متوجه حرفهایم باشید ."

گوهر میخواست هر چه زود تر مریض را ببیند و گفت:

"من کی میتوانم مریض را ببینم ؟"

خانم سمندریان جواب داد :

" او برای امروز خسته شده و آمادگی ندارد فردا صبح ساعت هشت اینجا باشید او را هم می بینید ."

گوهر خانه آنها را با شور و هیجان ترک کرد !باورش نمی شد به این زودی شغل یافته باشد.کار خوبی پیدا کرده بود اما خیلی اضطراب داشت که مریض را ندیده بود .. او چگونه انسانی است این مرض چیست؟ چرا روی صندلی چرخدار باید بماند . وقتی بخانه رسید همه چیز را برای مادرش تعریف کرد . او خوشحال بود که گوهر کار گرفته ولی آیا اوبا این روح حساس و جثه کوچک از عهده این کار بر خواهد آمد ؟

***

صبح روز بعد زود بیدار شد اول به حمام رفت تا با روحیه خوبی به سرکار برود .با عجله لباس پوشید در آینه نگاهی

به خودش کرد که مطمئن باشد چیزی یادش نرفته . با خودش میگفت:

خدایا در این جلسه اول چه برخوردی باید با او داشته باشم ؟ باید با او دست بدهم ؟برای اولین بار چه به او بگویم که خوشش بیاید آیا از من خوشش خواهد آمد ؟

دوباره خودش را در آیینه نگاه کرد ، از لباسش خوشش نیامد و یک دست بلوز و دامن پوشید که او را زیبا تر میکرد موهایش را آراست و آرایش مختصری کرد.

مادرش برایش آرزوی موفقیت کرد ، خواهرش گفت تو از عهده این کار بر میآیی. اما پدرش نگران بود گفت :

"گوهر با این جثه کوچک چگونه میتواند یک مرد سنگین را اینطرف آنطرف ببرد و از او پرستاری کند ، یک مرد درد دار مریض که نمیتواند حرکت کند گوهر چطور میتواند برایش یک همدم باشد ؟

مادر به او چشم غره ای رفت و با خشم بسیار گفت:

"علی مواظب حرف زدنت باش "

پدر بزرگ جایش را خورد و با لبخندی به اتاقش رفت . سوگل بسوی گوهر آمد و او را در آغوش گرفت و گفت :

" برو خدا به همراهت انشاالله که موفق میشی"

گوهر از خانه بیرون آمد . در طول راه فکر میکرد که من که از پرستاری چیزی نمیدانم خدایا کار اشتباهی نکنم ؟کاش کمی در این مورد مطالعه میکردم !! چیزی یاد میگرفتم ! نکند برای این کار مناسب نباشم ؟

اتوبوس در ایستگاه نزدیک خانه سمندریان ایستاد و او پیاده شد و بسوی خانه آنها براه افتاد . هوای بسیار مطبوعی بود و بر عکس همیشه آفتاب میدرخشید . به خانه رسید . چند لحظه دم در ایستاد و یک نفس عمیق کشید و کمی تمرین آرامش کرد و بعد دستش را روی زنگ فشار داد . شیده در را بروی او گشود با لبخندی صبح بخیر گفت . او وارد خانه شد خانم سمندریان آماده ترک خانه بود با لباسی که برای قامت و شخصیت او درست شده

بود . با عجله در جلو گوهر راه میرفت ویکی یکی اتاقهایی که در طول روز باید مریض را به آنجا میبرد نشان میداد و دستور کارها را میگفت . در نهایت بسوی آشپزخانه رفت و به گوهر گفت :

" هرچه که در طول روز احتیاج داری در اینجا وجود دارد. و اگر چیز دیگری لازم داشتی اطلاع بده تا آماده کنند .. در ضمن کلید اتومبیل را به شما میدهم بهتر است که بدانید که این اتومبیل سفارشی برای حمل و نقل مریض است درصورت لزوم میتوانید از آن استفاده کنید ..."

بالاخره به اتاق بزرگی رسیدند ، که پنجره بسیار بزرگ بطرف حیاط خانه داشت ، منظره شگفت انگیز استخر و گل کاریهای زیبا و درختان کهن که شاهد خوشی ها و نا خوشی ها بودند .. در کنار پنجره مبل راحتی قرار داشت و فرش اتاق هم فرش ایرانی بسیار زیبا و گران قیمت بود .

در ضلع شمالی این سالن یک اتاق دیگر بود که با یک کتابخانه بزرگ و مجلل و در طرف دیگر سالن یک دستگاه تلویزیون بزرگ

قرار داشت که در کنارش ضبط صوت و تمام لوازمی که برای
گوش کردن موسیقی بود وجود داشت . خانه بطور عجیبی با
وسایل لوکس و اشرافی تزیین شده بود . نزدیک در دیگری شدند
خانم دکتر داشت میگفت امیدوارم ... که دیگر نتوانست حرف
بزند ، ناگهان آن پرستار مردی که جوانی بسیار قوی و مثل ورزش
کارها تنومند بود ، همراه مریض که قبلا آماده کرده بود و روی
صندلی چرخدار نشانده بود وارد شدند . روی صندلی جوانی
برازنده با صورتی جذاب و زیبا ولی چشمانی غمگین که سایه
این غم بر صورتش افتاده بود را دید. خانم سمندریان رویش را به
پسرش کرد و گفت :

"آرمین جان این خانم گوهراست ، برای مراقبت از تو به اینجا
آمدند "

آرمین در سکوت به گوهر نگاه کرد و دستش را دراز کرد تا با
او دست بدهد .به آرامی دست گوهر را فشرد و از آمدنش اظهار
خشنودی نمود . خانم سمندریان خیلی از گوهر تعریف کرد و گفت
این دختر تجربیات خوبی دارد و تو را راضی خواهد کرد، آرمین

سکوت با زحمت چرخش را بطرف پنجره بزرگ کشانید و چشم به منظره زیبای بیرون دوخت . گوهر احساس کرد که او بینهایت به طبیعت عشق میورزد .. خانم دکتر هم باید میرفت و گوهر را با آرمین تنها میگذاشت . گوهر میترسید که نکند نتواند از عهده این کار برآید ؟وقتی تنها شدند گوهر با ترس و دلهره پرسید:

"آقای آرمین شما الان به چیزی نیاز دارید ؟"

اما او همچنان نگاهش را به بیرون دوخته بود و حضور گوهر را نادیده میگرفت. گوهر در پشت این نقاب خسته چهره مردی را می دید که مدتهاست در انزوای محض و نا امیدی بدنیا مینگرد چقدر سخت است در تنهایی و سکوت زندگی کردن . گوهر در دلش گفت :صبر کن ، من روزی برای تو یک دسته گل رز خواهم آورد ودنیای ترا پر از عشق و هیجان خواهم نمود! با نگاهی که نم

اشکی آنرا خیس کرده بود بی صدا با او صحبت میکرد که روزی برایت قصه گوی خوبی خواهم شد . قلبش از این همه غم فشرده شد و با خود زمزمه کرد . من باید به او امید بدهم و این شاخه

خشک شده و این درخت را دوباره سبز کنم .

خانم دکتر خانه را ترک کرد ولی آقای متین ماند تا گوهر را با همه چیز آشنا کند . گوهر در عالم خودش قدم میزد انگار او ماموریت داشت تا آرمین را به زندگی برگرداند ، حرفهای آقای متین را یک در میان می فهمید ..دیدن آرمین با آن همه جذابیت و مردانگی در روی صندلی چرخدار روی قلب گوهر سنگینی میکرد . انگار جنگی در درونش بود ..میخواست خودش را قانع کند که او میتواند مثل یک فرشته این جوان غمگین را با امید داشتن به زندگی بر گرداند .آقای متین گاهی احساس میکرد که گوهر توجه ای به حرفهای او ندارد و تاکید میکرد که:

"متوجه میشین من چی میگم ؟"

و گوهر سرش را بعلامت تصدیق تکان میداد . آقای متین لیستی از دواهای روزانه آرمین را به او داد و ساعاتی که باید این داروها را به او بدهد و درصورت درد زیاد چقدر دارو باید اضافه کند و گفت :

"شما باید این ها را بخاطر بسپرید که وقتی عجله دارید و او درد دارد دستپاچه نشوید ، همچنین شماره تلفن من و خانم دکتر و دکتر خصوصی او را هم باید حفظ باشید که در صورت احتیاج فورا ما را خبر کنید و استفاده از اتومبیل هم خیلی آسان است همه چیزش برقی است . مواظب باشید هر کاری که انجام میدهید دستکش یکبار مصرف استفاده کنید و بعد آنرا دور بیندازید ."

آقای متین پس از اینکه سفارش زیادی کرد خانه را ترک نمود و گوهر را با دنیایی از ترس و امید بر جای گذاشت . در قلبش انگار پروانه ای به رقص در آمده بود . باید خودش را ثابت کند و همه بدانند که او مثل یک فرشته محافظ از آرمین پرستاری خواهد کرد .

دستکش به دست کرد و یک آب میوه برای او گرفت و در کنارش بیسکویتی که گفتند او دوست دارد گذاشت و به سوی سالنی که آرمین بود رفت . آرمین همانطور کنار پنجره روی صندلیش نشسته بود و بیرون را نگاه میکرد، چهره مردانه و شانه های

مردانه او نشان میداد که او چه جوان خوشبختی بوده . موزیک قشنگی در اتاق پخش می شد . حدس زد که این باید موزیک مورد علاقه او باشد . گوهر به کنارش رفت و با احترامی که شاید چاشنی عشق به یک انسان بی پناه در آن بود گفت :

"براتون آب میوه آوردم میل دارید ؟"

آرمین آهسته لیوان را برداشت و نگاهی به گوهر کرد و گفت :

"میشه شما اینجا بنشینید "

گوهر از خدا میخواست که بنشیند و با او حرف بزند . از صبح که آمده بود انتظار این لحظه را میکشید . روبروی او روی صندلی نشست .

آرمین نگاهی باو کرد و پرسید:

" از خودتون بگید اینجا چکار میکنید ؟ قبلا چه کار میکردید ؟ کجا درس خوندین ؟"

گوهر نگاهی به او کرد و با لبخندی برایش گفت :

"من فقط دبیرستان را تمام کردم ، بخاطر مشکلات خانوادگی نتونستم به دانشگاه برم و مجبور شدم کار کنم در یک رستوران خوب و پر طرفدار کار میکردم اما متاسفانه بخاطر بیماری مادر صاحب آنجا ، رستوران بسته شد و من بیکار"

آرمین لبخند غمگینی زد و پرسید:

"خوب چی باعث این افتخار شده که شما الان روبروی من بنشینید ؟"

گوهر با لبخندی به او نگاه کرد و با اشاره به صندلی چرخدار پرسید:

"شما بگید چی باعث شد که من اینجا باشم ؟ "

آرمین با ناراحتی نگاهی به او کرد و بعد چشم به بیرون دوخت انگار باید از پلی سخت عبور کند.

"بعد از دیپلم دبیرستان به دانشگاه سانفرانسیسکو رفتم و با نمرات بسیار عالی فارغ التحصیل شدم ،در رشته مهندسی

الکترونیک ، خوب کار میکردم و زندگی قشنگی داشتم که ناگهان
احساس ضعف در بدنم کردم ، چندین بار به دکتر مراجعه کردم
ابتدا میگفتند ضعف دارم و دواهای گوناگون به من میدادند ولی
فایده نداشت نه تنها احساس ضعف در عضلاتم میکردم بلکه کم
کم دردهای شدید عضلانی هم شروع شد و بالاخره یک دکتر مرا
برای یک تست فرستاد . هیچوقت روزی را که برای جواب تست
رفته بودم فراموش نمیکنم وقتی دکتر به من گفت به مرض ام اس
دچار شدم از وحشت خودم صدای ضربان قلبم را می شنیدم چند
لحظه نمیتوانستم حتی حرف بزنم و با لحن عاجزانه ای پرسیدم
خوب حالا چه باید بکنم ؟ دکتر مرا مایوس کرد و گفت متاسفانه
تا بحال هیچ علاجی برای این بیماری پیدا نشده فقط با ورزش و
مسکن .."

شاید یاد آوری این خاطرات او را ناراحت کرد ،گوهر ناگهان

متوجه شد که او دچار بحران عصبی شده و حالش خوب نیست
بطرف تلفن دوید و به آقای متین زنگ زد که خودش را فورا
برساند .

گوهر میلرزید و با خود میگفت آیا شانه های کوچک من میتواند
غم به این بزرگی و به این سیاهی که دراین خانه است تحمل
کنند!!!؟ در این افکار بود که آقای متین رسید فورا نشانی قرصی
را به او داد تا برایش بیاورد و خودش بسوی اتاق آرمین دوید .
گوهر قرص را یافت با یک لیوان آب بطرف اتاق آرمین رفت
آقای متین قرص را به او خورانید و سپس کمکش کرد تا او را
روی تخت خوابش بخوابانند و چندی نگذشت که مثل یک بچه
معصوم بخواب رفت ، گوهر به این پرنده قوی که بال هایش
شکسته بود نگاه میکرد و اشک میریخت .کنارش نشست و تا
زمانی که پرستار شب آمد همینطور به این گل پژمرده چشم دوخته
بود . با آمدن پرستار او بلند شد و بدون خداحافظی با آرمین خانه
را ترک کرد .

تصمیم گرفت کمی قدم بزند ..به ایستگاه اتوبوس رسید و سوار
شد . بالاخره خسته و با تن و روانی در هم شکسته به خانه رسید.
بدون اینکه با کسی حرف بزند به اتاقش رفت و روی تخت

افتاد خودش نمیدانست چرا به روزهای کودکی و شادی فکر میکند شاید چون آرمین از زمان خوشبختی اش گفته بود ، گوهر احساس درماندگی میکرد او هم باید با زندگی بجنگد ولی از راه دیگری . بعد به خودش گفت من از عهده این کار بر خواهم آمد امروز فقط روز اول بود رفته رفته تجربه خواهم یافت . من در مقابل آرمین مسئولیتی دارم و پیروز خواهم شد و به همه نشان خواهم داد که نمیگذارم شکست بخورم

سوگل ضربه ای بدر زد و داخل شد و به کنار دخترش رفت دستی بر موهایش کشید و پرسید :

"کار امروز چطور بود ؟ میتونی ادامه بدی "

گوهر نگاه به بیرون کرد و گفت :

"البته ..من نمیبازم ..مامان سخته اما من موفق میشم"

سوگل رویش را بوسید :

" عزیزم من به تو افتخار میکنم و میدانم وقتی اراده کنی هر کاری

میتوانی انجام دهی ؟

گوهر از پشتیبانی مادرش خوشحال شد .. بعد از چند دقیقه برای صرف شام از اتاقش بیرون آمد .

فردا صبح دوباره آماده شد و بطرف خانه آرمین براه افتاد .. هم این کار را دوست داشت هم از این همه مسئولیت می ترسید یعنی او خواهد توانست این کار را ادامه دهد ؟

مستخدم در را بروی او باز کرد و سلامی به او داد . گوهر ابتدا بسوی اتاق خانم دکتر رفت میخواست حال آرمین را قبل از اینکه با او روبرو شود بپرسد . انگار از آنچه که دیروز دیده بود می ترسید .

خانم دکتر با مهربانی با او روبرو شد و ازاو بخاطر به موقع تلفن کردن به متین تشکر کرد و به او با زبان بی زبانی میگفت که پسر او بیشتر از این دواها به یک دوست احتیاج دارد و ادامه داد:

"حالش زیاد خوب نیست گوهر جان او گاهی بی علت عصبانی میشود داد میزند اما تو جا نزن و به کار خودت ادامه بده با او با

عشق و محبت حرف بزن من باید به بیمارستان بروم یک عمل دارم او رو به تو می سپرم ."

گوهر رنگش پرید .. با خودش میگفت آیا من میتوانم هر روز چنین جنگ اعصابی را تحمل کنم ؟ اگر یک وقت دیر تر دوا به او برسد و حالش خیلی بد شود من چه کنم ؟آیا باید به این کار ادامه بدم و یا دنبال کار دیگری باشم .

در گوشه ای نشست و دستهایش را بهم گره زد .. آیا میتواند از عهده مسئولیت به این بزرگی بر بیاید ؟ بالاخره به اتاق آرمین رفت پرستار شب او را آماده کرده و روبروی پنجره حیاط گذاشته بود .گویا آرمین از این حیاط خاطره های خوبی داشت . گوهر احساس بلاتکلیفی میکرد .. چکار کند ؟ آرمین انگار وجود او را نادیده گرفته بود .. گوهر به کنارش رفت و به آرامی پرسید:

" من چیزی میتوانم برای شما بیارم ؟"

آرمین بسوی او برگشت نگاه معنی داری به او کرد و با لحن غمگینی گفت :

"اگر میتونی کمی از شر و شور گذشته ام را به من باز گردان "

اشک چشمان گوهر را پوشانید و از سوال خودش پشیمان شد. برای اینکه آرمین اشک او را نبیند بسوی آشپزخانه دوید .. کمی ایستاد تا حالش بهتر شود بعد دو استکان چای تازه با کمی شیرینی در یک سینی گذاشت و به اتاق آرمین بازگشت .

بکنار آرمین رفت و گفت :

" اجازه میدی با هم یک چای بخوریم ؟"

در کمال تعجب آرمین با لبخند غمگینی سرش را تکان داد و گفت:" حتماً "

گوهر کنارش نشست و چای او را به دستش داد و بعد چای خودش را برداشت و در سکوت به حیاط نگاه میکردند . گوهر می اندیشید چقدر سخت است که او باید همه عمرش را در این اتاق و روبروی این پنجره بگذراند ، دلش میخواست سر حرف را با او باز کند اما نمیدانست که موقعیت خوبی هست یا نه ؟ که

در اتاق باز شد و و خانم سمندریان با یک پرستار وارد اتاق شد . امروز او باید برای فیزیوتراپی به اتاق بغلی برود .خانم سمندریان بسوی آرمین رفت و او را در آغوش گرفت و صورت زیبای او را بوسید و پرستار او را به اتاق دیگری برد . خانم دکتر بسوی گوهر رفت و او را بغل کرد و گفت:

" ازت ممنونم که با او چای خوردی و با او مثل یک دوست رفتار میکنی او فقط به محبت احتیاج دارد. "

ناگهان صدای وحشتناکی از اتاق بغل آمد حتما در اثر تمرین های ورزشی دچار درد شده گوهر احساس میکرد که انگار دارد شکنجه میشود یعنی او دوام می آورد که این همه غم و درد و یاس را تحمل کند ؟آیا میتواند اطمینان او را جلب کند تا بتواند روحاً به او کمک کند ؟

***

پس از مدتی فهمید که آرمین خوب شدنی نیست و این دواها هم مواد مخدر هستند که درد او را التیام ببخشند و ورزش هم

تلاشی مذبوحانه است برای دیرترمردن عضلات او .

گاهی اوقات او حتی یارای سخن گفتن هم نداشت ، نا امیدی و درد زیاد او را داشت از پای در می آورد.

چند روز بعد ناگهان حال او بد شد و خانم دکترفریاد زد:

"اتومبیل را آماده کن باید او را برسانیم به بیمارستان"

آقای متین هم رسید و او را سوار کرده و به بیمارستان رساندند .. گوهر آنقدر اضطراب داشت که نمیدانست چگونه رانندگی میکند تا به بیمارستان رسیدند ، پرستارها دویدند و دکترش هم آمد ..به او اگسیژن و سرم وصل کردند که در داخل سرم مواد مخدر بسیار قوی بود و او به خواب طولانی رفت .

سه روز در بیمارستان بود تا حالش کمی بهتر شد . آرمین دوست داشت بخانه بازگردد .او اتاقش و پنجره رو به حیاط خودش را میخواست ..گوهر در تمام این مدت مثل یک فرشته دور بر او می پلکید و از جانش مایه میگذاشت . آرمین متوجه محبت های

از ته دل او می شد و این را قدردانی میکرد دختر به این زیبایی
و فهمیده گی خودش را در کنار یک علیل گذاشته و از جان و دل
خدمت میکند .او نه رنگ به چهره داشت و نه رمقی بر جان به
گوهر گفت :

" از بیمارستان و سرو صدای زیاد و رفت و آمد خسته شدم دلم
میخواد تنها باشم "

گوهر نگاهی به او کرد و گفت :

دلت میخواد من هم برم تا تنها باشی؟"آرمین جواب داد:

تنهاا چیزی که دوست دارم ببینم صورت زیبای تست

در این موقع دکتر کینگ آمد پرسید بیمار چطور است ؟گوهر هم
گزارش حالات او را داد . دکتر او را معاینه کرد و جواب آزمایش
ها را دید و سپس گفت :

" جای نگرانی نیست فقط خسته شده باید در دادن آنتی بیوتیک
ها دقت کنید که سر ساعت بخورد "

بعد چیزی در پرونده اش نوشت .

گوهر به دکتر گفت :" او دلش میخواهد به خانه بازگردد "

دکتر گفت اشکالی ندارد بنابراین با خواهش خودش دوباره بخانه بازگشت. بعد از مراجعت بخانه دیگر رمقی برایش نمانده بود . گوهر به کمک پرستارها او را به اتاق خودش بردند و روی تخت گذاشتند . گوهر بلافاصله به آشپزخانه رفت تا سوپ جو را که خیلی دوست داشت برایش بپزد . تا آماده شود به اتاق آرمین رفت تا سری به او بزند . نه رنگ به چهره داشت نه رمقی بر جان تا گوهر را دید گفت

"دیگر از بیمارستان رفتن و آنهمه عذاب وسروصدای زیاد و آمد زیاد به تنگ آمده بودم دلم میخواست توی خونه باشم "

گوهر نگاهی به او کرد و با خنده پرسید :

" دلت میخواد من هم برم تا تنها باشی؟"

آرمین جواب داد :

" تنها چیزی که مرا خسته نمیکند ، تو هستی ، اگر تو در این خانه نباشی نمیدونم چکار کنم ؟تو تنها چیزی هستی که بیادم میآری زمانی چقدر خوب بودم و سعی کنم که دوباره به آن دنیا بازگردم "

دکتر گفته بود هر ده دقیقه باید ماسک اگسیژن را بردارند تا خودش نفس بکشد . گوهر ماسک را برداشت و به آرمین گفت:

"دکتر گفته باید در آرامش کامل باشی و هیجان زده نشی روشن شد؟"

آرمین با لبخند بی رمقی جواب داد :" چشم"

***

گوهر میدانست که قلب خسته ای که در سینه آرمین می تپد باید با عشق زنده بماند ، برای همین سعی میکرد که روز به روز به او نزدیک تر شود ، از کنارش دور نمیشد حتی وقتی او حوصله نداشت سعی میکرد که با زبان عشق او را سر حوصله بیاورد . اگر

از خوردن غذا خود داری میکرد با مهربانی میگفت :

"اگر بدونی چه سوپ خوش مزه ای برات پختم میخوای امتحانش کنی؟ "

و به این وسیله باعث می شد که او غذا بخورد ،و آرمین خوشحال از اینکه کسی او را دوست میدارد قلبش دوباره تپش زندگی یافته بود و مرتب از مهربانی های او تشکر میکرد.

گوهر رفته رفته به بیماری آرمین عادت کرد ،دیگر او را به صورت یک مریض که باید از او نگهداری کند نگاه نمیکرد . او مرد جوان و خوش قیافه ای را میدید که روحی بسیار حساسی دارد و زندگی با او بد کرده است . اما علیلی و خانه نشینی او دیگر برایش اهمیتی نداشت . گوهر رفته رفته احساس میکرد که این تظاهر یک پرستار برای خوشحال کردن مریضش نیست ، این یک عشق افلاطونی است که در دل او ریشه میدواند و او را بسوی آرمین می کشد . اولین باری که دست آرمین را گرفت احساس میکرد

که یک انرژی دارد وارد بدنش میشود و او را داغ میکند . او

هیچوقت دوست پسری نداشت . آنها تازه از ایران آمده بودند و تمام آداب و رسوم، اصالت ایرانی بودن خودشان را حفظ میکردند آرمین کم کم خودش را در قلب گوهر جای میداد .

آرمین هم به همین کشش فکر میکرد ، گاهی که گوهر دیر می آمد نفسش به شماره می افتاد او مثل هوا برای نفس کشیدن به گوهر نیاز داشت . اما همیشه از ابراز آن میترسید . دختری به زیبائی گوهر چگونه ممکن است بخواهد زندگیش را به پای یک آدم فلج که امیدی به دیدن بهار همان سال را هم ندارد بریزد ، در این صورت سکوت میکرد و از احساساتش چیزی به گوهر نمیگفت .

فصل پائیز کم کم عزم سفر میکرد و زمستان از راه میرسید و دنیا برای آرمین همان پنچره بزرگ بود که تحول فصل را ببیند ، زمستان هم قشنگی های خودش را داشت ، باران بروی برگهای درخت کاج توی حیاط می رقصید و آنرا رویایی میکرد .

هر از گاهی حال آرمین بد می شد ولی گوهر دیگر دست پاچه نمی شد ، او آموخته بود که در چنین مواردی چه باید بکند . خانم دکتر

سمندریان و آقای متین از پیشرفت او خیلی خوشحال بودند .

کم کم روزها بلند تر می شد و زمستان هم آخرین نفس هایش را میکشید روزی که هوا آفتابی بود گوهر شال بزرگی را دور آرمین پیچید و پتویی هم روی پاهایش کشید و او را برای چای خوردن به حیاط برد . بعد خودش به آشپزخانه رفت و با سینی چای و شیرینی بازگشت . کنار او نشست ، دستش را در دست گرفت و گفت :

"آرمین بوی بهار می آید تو احساس نمیکنی ؟"

آرمین نگاه عمیقی به او کرد و جواب داد :

" در کنار تو من خودم را همیشه در بهار می بینم !! گوهر تو زندگی مرا بهار کردی! تو فقط از من پرستاری نمیکنی به من زندگی میدهی ."

گوهر لبخندی زد و گفت :

" تو هم به من خیلی چیزها یاد دادی!! ارزش چیزهای خوبی که

در زندگی دارم یکیش خود تو .. من وقتی در خانه خودمان هم هستم به تو فکر میکنم "

این حرفها آتش به جان آرمین میزد ، آیا او هیچوقت شهامت اینکه عشق خودش را به گوهر ابراز کند خواهد داشت !!

گوهر با لبخندی گفت :" آرمین عید نوروز در راه است خانواده شما برای عید چکار میکنند ؟"

آرمین لبخندی زد و گفت:

" زمانی که پدرم زنده بود ما هم عید های خوبی داشتیم ..حالا با مریضی من و دور بودن هما و گرفتاری کار مامان فقط شب عید سبزی پلو با ماهی میخوریم ."

گوهر دستهای او را در دست گرفت و گفت :

"آرمین قول میدم امسال بهترین سفره هفت سین را برایت بچینم توی همین اتاق خودت در فروشگاه های ایرانی الان وسایل هفت

سین میفروشند . اگر حالت بهتر است یک روز ترا برای خرید

میبرم تا نوروز را حس کنی "

برق عجیبی چشمان آرمین زد یعنی او دوباره شور نشاط عید را
خواهد دید ..؟گاهی فکر میکرد تا عید زنده نخواهد ماند !! اما
گوهر به او امید زنده بودن و عید گرفتن را می داد .

گوهر وقتی خانم دکتر به خانه برگشت که معمولا زمانی بود که او
کارش تمام می شد و میرفت ، بسوی او رفت و گفت:

"خانم دکتر امسال میخواهم برای آرمین سفره هفت سین بچینم
اجازه دارم او را به بازار ببرم که خوشی و نشاط عید را ببیند و
احساس کند ؟"

خانم دکتر او را بوسید و گفت :

" ممنونم دخترم که اینقدر به او توجه میکنی و این توجه به او
عزت نفس داده که میخواهد عید نوروز را جشن بگیرد چقدر
خوشحالم هر کاری لازم است انجام بده ."

گوهر با شادی خدا حافظی کرد و تا خانه در دلش می رقصید

انگار همین الان عید است خودش را در بهترین لباسها می دید
لباسی از ساتن قرمز که موهایش را بر روی دوشش ریخته و گلی
به سینه زده و آرمین را در یک کت و شلوار مشکی و کراوات قرمز
که کنار او ایستاده و با هم می رقصند . ناگهان صدای بوق یک
ماشین او را بخود آورد!یعنی چنین چیزی اتفاق خواهد افتاد ؟
این آرزوی محال بود که روزی آرمین به راه بیافتد! اما آرزویش را
که میتوانست بکند . آن شب خیلی خوشحال بود مادرش دلیلش
را پرسید و او توضیح داد که میخواهد آرمین را برای خرید وسایل
عید به بازار ببرد . مادرش خیلی خوشحال شد و گفت:

"من سبزه ریخته ام و یکی از آنها را بتو میدهم که برای آرمین
ببری . برکت سبزه در آن است که در خانه ریخته شود نه از بازار
بخریم ."

گوهر خیلی خوشحال شد و مادرش را بوسید ، اما ته دل سوگل
را وحشتی گرفته بود ،اگر این حس دلسوزی تبدیل به عشق شود
گوهر چه عاقبتی خواهد داشت ؟ ولی چیزی نگفت چون آنها به
در آمد گوهر نیاز داشتند .

***

روز بعد هوا آفتابی بود و خانم دکتر به او گفت که میتواند
آرمین را به بازار ببرد ولی بهتر است که کنار مغازه های ایرانی
پارک کند و آرمین از توی ماشین به خرید عید مردم نگاه کند
چون می ترسید که او خسته شود و مجبور بشوند که عید را در
بیمارستان بگذرانند.

گوهر با شوق و ذوق لباس گرمی به آرمین پوشانید و او را به طرف
گاراژ برد . ولی به او نگفت که کجا میروند . وقتی او را روی
آسانسور اتومبیل نشاند آرمین با تعجب پرسید:

"گوهر جان کجا میریم ؟ امروز که قرار دکتر نداریم ؟"

گوهر لبخندی زد و گفت :

"دیگه اسم دکتر را نیار ... میریم خوش بگذرانیم "

بعد بطرف فروشگاهای ایرانی که این روزها خیلی شلوغ بودند

براه افتاد. مردم داشتند خرید وسایل عید را میکردند ..جای پارک نزدیک خیلی کم بود اما کسی که مامور پارکینگ بود اجازه داد درست روبروی در فروشگاه پارک کند تا آرمین بتواند مردم و بازار نوروزی را خوب ببیند .

گوهر وارد فروشگاه شد ظرفهای بسیار قشنگی برای چیدن هفت سین برای فروش گذاشته بودند و تمام وسایل هفت سین ، از سیر و سمنوی ، سنجد گرفته ، تا سبزه و سنبل و سیب و سرکه گوهر همه چیز خرید و مقدار زیادی شیرینی های عید مثل نون نخودچی ، نون برنجی ، قطاب ، گز ، سوهان ، آنقدر خوشحال بود که دلش میخواست همه فروشگاه را بخرد . مخصوصا گل سنبل با آن عطر خوشش ، از همه رنگ خرید. میخواست اتاق آرمین تا سیزده بدر بوی عید بدهد . پس از اینکه از صف طولانی گذشت و پرداخت کرد وقتی بیرون آمد دید که میزی گذاشته اند و عیدی میدهند ، فکر میکرد که عیدی چه بگیرد چون همه چیز خریده بود .

ناگهان صدای آرمین را شنید که او را صدا میکند فکر کرد که حالش بد شده بطرف اتومبیل دوید ولی دید آرمین شیشه ماشین

را پائین کشید و با هیجان دارد مردم را نگاه میکند.

گفت : "منو ترساندی چرا داد زدی ؟"

آرمین جواب داد :" آنجا را ببین تنگ ماهی و ماهی عیدی میدهند برو و بزرگترین ماهی قرمز را برای من بگیر"

گوهر با خوشحالی به آن طرف رفت و تنگ را عیدی گرفت و بعد با اشاره به آرمین به پسر جوانی که ماهی میداد گفت :

"آن آقا رو می بینی دلش بزرگترین ماهی قرمز را میخواد"

پسر جوان بدون اینکه بپرسد فهمید که او یک ناراحتی دارد که پیاده نشده با احتیاط چند ماهی بزرگ قرمز را گرفت عوض اینکه در کیسه پلاستیکی بیاندازد تنگ را پر آب کرد و ماهی ها را در تنگ انداخت و گفت:

" عیدتون مبارک خانم "

گوهر با خوشحالی بطرف اتومبیل رفت و تنگ را در آغوش آرمین گذاشت و بعد وسایلی که خریده بود در صندوق عقب چید و سوار

شد . خوشحالی را در چشمهای آرمین می دید.

اشک های آرمین از خوشحالی بروی گونه اش می ریخت شاید این بهترین عید نوروز برای او بود . گوهر با انگشتانش اشک او را پاک کرد و گفت

"اینقدر ماهی قرمز دوست داری چرا اکواریم نمیخری ؟"

آرمین نگاهش را به ماهی های قشنگ دوخت و جواب داد:

"دوست ندارم آنها را اسیر تانک آب کنم .. من خودم اسیر این صندلیم،میدونم اسیری چیه ..این ها رو فردای عید با هم بریم کنار دریا و بریزم توی دریا تا آزاد شنا کنند دلم میخواهد آزادشون کنم نه اسیر"

بغضی گلوی گوهر را فشرد ،خدایا روزی میرسد که آرمین اسیر این صندلی نباشد ؟گوهر میدانست که قلب تپیده او مملو از عشق به زندگی و زنده ماندن است، دلش میخواست که هیچ وقت از کنارش دور نشود و خستگی ناپذیر از او مراقبت کند.

وقتی بخانه رسیدند خانم دکتر آمده بود خدمتکار خرید های گوهر را به اتاق آرمین برد . گوهر به اتاق خانم دکتر رفت و بعد از سلام گفت :

" خانم دکتر یه رومیزی سنتی برای سفره هفت سین میخوام !!"

خانم دکتر بلند شد و در کمدی را باز کرد .گوهر زیبا ترین رومیزی ها ،دستمال سفره ها ،بقچه ها ،زیر چایی هر آنچه که فکر میکرد در آنجا دید . خانم دکتر گفت :

" هر کدوم را که می پسندی بردار برای آرمین من قشنگ ترین سفره هفت سین را بچین "

گوهر رومیزی ترمه مروارید دوزی را انتخاب کرد و چندین تیکه رومیزی های کوچک توری رنگارنگ هم برداشت ، با عجله به اتاق آرمین رفت . شیده همه چیز را روی میزی گذاشته بود .. گوهر فکر کرد این میز برای هفت سینی که او میخواهد بچیند کوچک است و شیده را صدا زد تا میز دیگری که در هال بود را هم بیاورد بعد با کمک هم میزها را سر هم زدند و رومیزی ترمه را

روی آن کشیدند . گوهر به آشپزخانه رفت تا ظرف برای شیرینی و آجیل عید بیاورد . ظرفهای نقره ای قشنگی را انتخاب کرد و به اتاق برگشت . مثل دختر بچه ای شده بود که برای اولین بار سفره هفت سین می چیند . همه چیز را باسلیقه میچید .. صندلی آرمین را جا بجا میکرد که او هم نظر دهد که چه را کجا بگذارد .. دورتادور میز را گلدان های سنبل چید .. هفت سین را در ظرفهای که خریده بود گذاشت . شیرینی ها و آجیل را هم در ظرفهای نقره ریخت .. و تنگ بزرگ ماهی را وسط سفره قرار داد ..آرمین هم مثل بچه ها شادی میگرد .اولین سالی بود که در اتاقش هفت سین می چید . وقتی خانم دکتر به اتاق آمد باورش نمی شد که این سفره را گوهر چیده مثل کسی که درس تزئینات خوانده باشد آنقدربا سلیقه و زیبا چیده بود ، تورهای کوچک را به ظرفهای نقره ای گره زد بود . وای که چقدر زیبا بود ..بسوی گوهر رفت و او را در آغوش گرفت و بوسید :

"دخترم ممنونم که نوروز را به خانه ما باز گرداندی!"

بعد بسوی آرمین رفت و او را هم بوسید وقتی از اتاق خارج می

شد با خودش گفت خدایا این عید را آخرین عید آرمین قرار نده !!

گوهر بسوی آرمین رفت قیافه شاد او را می دید ، دستی به موهایش کشید و قطره اشکی که بی اختیار روی صورتش افتاده بود پاک کرد و ناگهان پیشانی او را بوسید . آرمین به او خیره شده بود ..یعنی گوهر او را لایق این دانسته که بر او بوسه ای بزند ...

آنشب گوهر از خوشحالی خوابش نمیبرد هنوز دو سه روز به عید مانده بود ..

***

صبح عید بیدار شد دلش میخواست عید را کنار خانواده اش بگذراند ..اما سفره به آن قشنگی برای آرمین چیده بود چطور وقت تحویل سال کنار او نباشد؟ مادرش عقیده داشت که او باید برود ولی پدرش میگفت همه در روز عید تعطیل هستند و او دوست دارد گوهر کنار آنها باشد . اما بالاخره گوهر لباس بسیار قشنگی که تازه خریده بود پوشید گردنبدی که شگل دل بود به گردن انداخت و گوشواره هایش را هم به گوش آویخت، آرایش

کمی کرد و سبزه ای که سوگل درست کرده بود و روبان بسیار
زیبایی هم بدورش بسته بود بدست گرفت و راهی خانه آرمین
شد، سر راه به بانک رفت و اسکناسهای دو دلاری نو گرفت که
قبلا به بانک سفارش داده بود . کتابهایی که برای عیدی آرمین
خریده بود هم توی کیفش بود .

وقتی شیده در را گشود او مستقیم به اتاق آرمین رفت و با سلامی
بلند وارد اتاق شد . سبزه را جلوی صورت او گرفت و گفت :

" این رو مامانم واسه تو درست کرده "

آرمین نگاه پر محبتی به او کرد و گفت:

" دست مامانت درد نکنه چقدر قشنگه از همه سبزه های توی
فروشگاه قشنگ تره "

گوهر سپس آنرا روی میز گذاشت و بعد یک طرف کوچکی که
روی میز بود برداشت و اسکناس ها را داخل آن گذاشت و نشان
آرمین داد :

"امروز بعد از سال تحویل تو به هر کسی یک اسکناس عیدی میدی باشه "

آرمین به این فرشته ای که خداوند برای نگهداری او فرستاده بود نگاه میکرد آیا خداوند یکی دیگر نظیر او را ساخته است؟ امکان ندارد!!چقدر دور اندیش است .

آن روز ساعت ده و نیم صبح سال تحویل می شد و خانم دکتر دستور داده بود که بعوض شام نهار آن روز سبزی پلو و ماهی بپزنند . کم کم همه خانواده جمع شدند . خانم دکتر صبح زود به بیمارستان رفته بود که برای سال تحویل خانه باشد ، هما خواهر آرمین هم رسید . این دفعه دوم بود که گوهر او را می دید . آقای متین هم آرمین را به حمام برد و یکی از بهترین لباسهای او را تنش کرد موهایش را شانه زد و به پای هفت سین آورد . شیده هم آنجا بود ، تلویزیون روی یکی از کانالهای ایرانی بود که برنامه تحویل سال نو را پخش میکرد . آرمین به سفره زیبایی که گوهر چیده بود نگاه میکرد ، این زیباترین سفره هفت سینی بود که در عمرش دیده بود ناگهان صدای تیک تیک ساعت از تلویزیون

شنیده شد و بعد هم موسیقی مخصوص نوروز و گوینده اعلام کرد
که سال هزارو سیصد و شصت و سه خورشیدی آغاز شد . گوهر
با صدای بلند جیغی کشید و بطرف آرمین رفت و سر او را در
سینه گرفت و صورتش را بوسید .وای خدایا خودش هم نفهمید
که چرا چنین کرده !! و این بوسه چه نام دارد؟ همه به او نگاه
میکردند هیچکس انتظار این بوسه را نداشت . اما این چیزی بود
که دلش خواسته بود . خانم دکتر هم با شادی بطرف آرمین رفت
و او را در آغوش گرفت و بوسید . آرمین ابتدا در شوک بوسه
گوهر بود ،ولی بعد با اشاره گوهر به خود آمد و از ظرف کوچکی
که گوهر در آن اسکناس ها را جای داده و درجائی قرار داده بود
که دست آرمین به آن برسد یک اسکناس برداشت و به مادرش
داد . بعد یکی یکی با او عید دیدنی کردند و او به همه عیدی داد
خانم دکتر از خوشحالی اشک میریخت . جای خالی شوهرش را
احساس میکرد ، آرمین مرد خانه شده بود و داشت به همه عیدی
میداد .

پس از عیدی دادن آرمین پرسید:

"پس عیدی من کو؟"

مادرش جعبه ای را به او داد . آرمین به سختی بازش کرد پیراهن بسیار زیبایی بود . هما هم شال گردن آنغوره زیبای سفید رنگی برایش خریده بود . آرمین به گوهر نگاه کرد و پرسید :

" پس هدیه من کو؟"

گوهر به طرف دیگر رفت و جعبه کتابهایی را که برایش خریده بود آورد و روی پای او گذاشت و کمکش کرد تا جعبه را باز کند آرمین از دیدن کتابها خیلی خوشحال شد . کتابهایی بودند که او دوست داشت بخواند .

شیده به آشپزخانه رفت و میز غذا را چید .. سبزی پلوی تازه با ماهی سفید و کوکوی سبزی.

آقای متین صندلی آرمین را بسوی میز غذا خوری حرکت داد و همه خانواده دور هم غذای بسیار خوشمزه ای را خوردند .

بعد از ظهر به اتاق آرمین بازگشتند و در کنار پنجره چای میخوردند

آرمین احساس کرد که قیافه گوهر شادی صبح را ندارد.. از او
پرسید:

"گوهر جان چیزی شده ؟ چرا ناراحتی ؟"

گوهر با لحن غمگینی گفت :

" این اولین سال تحویلی بود که در کنار خانواده ام نبودم حتما آنها
هم دلشون برای من تنگ شده ؟"

آرمین با نگاهی پر از محبت و پریشانی گفت :

"چرا زودتر نگفتی پاشو برو من حالم خوبه ، برو "

بعد فکری کرد و گفت :

"من برای تو هدیه ای نگرفتم اما میدانی که چقدر قدر این همه
محبت ترا میدانم تو فرشته ای هستی که خداوند برای محافظت
من فرستاده .. ببخش که هدیه ای نگرفتم "

برای گوهر همین حرفهای محبت آمیز او بس بود با عجله از همه
خدا حافظی کرد و بطرف در رفت . خانم دکتر میدید که چگونه

آرمین دارد با نگاهش او را تعقیب میکند انگار میخواهد لحظه ها
را در خاطراتش ضبط کند . خانم دکتر یک مادر بود ، هر مادری
در سال نو آرزوی سلامتی و خوشبختی برای فرزندش میکند ، اما
او دعا برای زنده ماندن آرمین میکرد و روزهای بیشتری از خدا
میخرید، او دکتر بود میدانست که عاقبت آرمین چه خواهد شد
اما با عشق مادرانه ای که در سینه داشت برایش دعا میکرد . پس
از رفتن گوهر شور نشاط آرمین هم از بین رفت ، انگار عید تمام
شد، رویش را به آقای متین کرد و گفت :

"من خسته شدم مرا به اتاقم ببر.. خوابم میاد"

و چشمهایش را برهم نهاد . انگار او بدون گوهر دیگر دوست
نداشت چیزی را ببیند . مادرش همینطور به رفتن او نگاه میکرد
از یک طرف خوشحال بود که گوهر اینقدر به آرمین نزدیک شده و
زندگی او را تغییر داده و از طرف دیگر فکر میکرد چگونه دختری
مثل گوهر به عشق جوانی مثل آرمین جواب مثبت خواهد داد !!
اگر یک شکست دیگر در زندگی آرمین پیش بیاید از بین خواهد
رفت . هما که از صبح ناظر همه این ارتباطات بین گوهر

و برادرش بود رویش را به مادر کرد و گفت:

"مامان جریان چیه ؟ پرستار آوردی یا عروس ؟ انگار گوهر صاحب خونه شده؟"

مادرش همانطور که به رفتن آرمین نگاه میکرد جواب داد:

"کاش اینطور بود و او قبول میکرد من از شکست آرمین می ترسم !!؟"

هما لبخندی زد و گفت : "مامان او میدونه که آرمین چه ثروتی داره ؟ نقشه برای ثروت او نباشه ؟"

مادرش جواب داد : "من که چیزی نگفتم و فکر نمیکنم که آرمین هم در این باره چیزی گفته باشه !! اما من از همین هم خوشحالم که لحظات او برایش دلچسب باشه

هما سری تکان داد و شانه هایش را بالا انداخت و بطرف اتاقش رفت تا آماده رفتن به شهر خودش شود . او زیاد از گوهر خوشش نمی آمد .

***

گوهر خیلی خوشحال بود هنوز بوی ادکلن آرمین را احساس میکرد .. او واقعا آرمین را در آغوش گرفته و بوسیده بود ؟ جلوی همه ؟ این کاری نبود که در خانواده آموخته بود ؟ او با مردهای غریبه فقط دست میداد .اما آیا آرمین برای او غریبه بود؟

بخانه رسید مادرش بسوی او دوید و بغلش کرد وخوشحال که او زودتر آمده تا در کنار آنها باشد . همدیگر را بغل کردند و بوسیدند و عید مبارک گفتند . بابا بزرگ به همه عیدی داد وشام هم سبزی پلو ماهی دور هم خوردند و از اولین روز سال لذت بردند .

صبح گوهر بیدار شد ، حمام کرد و لباس قشنگی پوشید داشت موهایش را خشک میکرد که تلفن زنگ زد ! خیلی ترسید حتما برای آرمین اتفاقی افتاده است!! با عجله گوشی را برداشت خانم دکتر بود گفت :

"آرمین تب شدید کرده و ما الان بیمارستان هستیم ."

گوهر سراسیمه از پله ها پائین دوید و بسوی بیمارستان براه افتاد

منتظر اتوبوس نشد و تاکسی گرفت . قلبش داشت بشدت میزد
خدایا نکند برای او اتفاق بدی بیافتد ؟ گوهر بطرف گل فروشی
رفت و یک دسته گل که خیلی هنرمندانه تزئین شده بود خرید
و در حالتی که نمیتوانست از شدت نگرانی خودش را کنترل
کند وارد بیمارستان شد. بیمارستان چند طبقه بود و زیر نور کم
رنگ خورشید منظره امید بخشی داشت ،فضای فوق العاده تمیز
و مرتب. وارد اتاق آرمین شد ، نگاهش به او افتاد ، دید چقدر
خسته و نا امید در روی ملافه های سفید چون برف تمیز و پاک
خوابیده بود . گوهر را دید ، لبخندی به لبش آمد ، گلها او را
خوشحال کرده بودند. اما خانم دکتر سمندریان نمیتوانست در یک
جا قرار بگیرد ، مرتب راه میرفت و با تلفن دستی اش به همه
کارها میرسید.

نرسی با لحن مهربانی صدا زد: " آقای آرمین "

گوهر که کنار تختش ایستاده بود جواب داد و نرس بدرون اتاق آمد
با یک لطف و مهربانی خاصی دستش را گرفت تا فشار خونش را
بگیرد . گاهی هم به گوهر نگاه میکرد و لبخندی میزد . فشارش

کمی پائین بود ولی دیگر تب نداشت . ضربان قلبش هم خوب بود دکتر دستور داده بود او را برای آزمایشی به بخش دیگری منتقل کنند . خانم سمندریان خودش را به آنها رساند و گفت :

" دکتر کینگ را پیدا کردم الان خودش برای معاینه آرمین میاد "

همه با اضطراب چشم به در اتاق معاینه دوخته بودند ، پس از چند لحظه دکتر کینگ هم رسید و پس از اینکه چند دقیقه ای با خانم دکتر صحبت کرد به داخل اتاق رفت .. دل در سینه گوهر میلرزید او برای تعطیلات عید کلی برنامه چیده بود ، حتی تصمیم داشت آرمین را سورپرایز کند و او را به یک کنسرت نوروزی ایرانی ببرد اما این حادثه همه خواب های او را باطل کرده بود . روی صندلی کنار در اتاق نشسته بود که آرمین را بیرون آوردند . دکتر کینگ هم پشت سرش بیرون آمد و گفت :

" نگران نباشید حالش خوب است حتما خسته شده .. همه شما میدانید که این مرض دوایی ندارد غیر از مسکن و ورزش . از امروز نرس جدیدی بنام خانم کری یکی از بهترین فیزیوتراپ

های ما در این بیمارستان است برایش تعیین میکنم. با او در مورد تو صحبت خواهم کرد و از فردا خانم کری برای کمک به تو آنجا خواهد آمد میدانم با این ورزش ها بهتر خواهی شد . "

وبعد به آرمین نگاه کرد و ادامه داد :

"آرمین هم میداند که دکتر ها و دانشمندان شب و روز دارند تلاش میکنند تا این درد را معالجه کنند و دارویی برایش بیابند که خواهند یافت فقط تا آن روز آرمین باید صبر بیشتری کند و به فعالیت های ورزشی خودش هم ادامه دهد . "

درب اتاق باز شد و پرستار آرمین را با چرخ به محل آزمایش برد چهره آرمین در آن لحظه خیلی غمگین بود .. این چهره دردناک روزی مردی بشاش و پر جنب و جوشی بوده .. بعد از رفتن آرمین ناگهان خانم دکتر دستش را روی قلبش گذاشت و گفت :

" خدایا من هنوز در جستجوی فرزندم هستم ، آیا ممکنه روزی من او را سالم ببینم؟

گوهر برای اولین بار اشک خانم دکتر را می دید .

مدتی گذشت و پرستار آرمین را به اتاقش باز گردانید .گوهر نگاهی به آرمین کرد از خستگی داشت بیهوش می شد . نگاهی التماس آمیز به گوهر کرد انگار میگفت مرا از اینجا ببرو گوهر به خانم دکتر گفت :

"خانم دکتر تا شما کارهای اداری را انجام میدین من آرمین رو میبرم خونه خیلی خسته است !"

خانم دکتر جواب داد :"فکر خوبیه وقتی رسیدی به من خبر بده "

گوهر او را بطرف در خروجی بیمارستان میبرد احساس کرد که او انگار دارد بیهوش میشود گوهر ترسید و خانم سمندریان را صدا زد اما او گفت :

"دیشب تا صبح نخوابیده خسته است او را ببر"

گوهر صندلی آرمین را بطرف اتومبیل میراند که آقای متین هم خودش را رساند . گوهر فکر میکرد این مرد چقدر خوب است با اینکه ساعت کارش تمام شده اما برای کمک مانده بسرعت او را سوار اتومبیل کردند و روانه خانه شدند .

در خانه هم آقای متین به کمک او آمد و آرمین را روی تختش خواباندند . گوهر دستی بصورت او کشید که ببند تبش چطور است او گوشه چشمش را باز کرد و نگاهی پر از عشق و تشکر به او کرد و دوباره چشمش را بست . گوهر شیده را صدا کرد و به او گفت

همین جا کنار آرمین می نشینی و به او نگاه میکنی اگر اتفاقی افتاد مرا خبر کن

بعد با عجله به آشپزخانه رفت و سوپ جویی که آرمین دوست داشت را بار گذاشت و دوباره به اتاق بازگشت و به شیده گفت:

" حالا برو بکارهایت برس هر وقت سوپ جا افتاد مرا خبر کن "

و روبروی او نشست و با خودش و خدای خودش حرف میزد .. او داشت پای بند آرمین می شد از دیروز که او را بغل زد و بوسید هزار بار هم خوشحال بود هم پشیمان .. خدایا این عشق است که در دل او جوانه زده ؟ آیا واقعا عاشق آرمین شده و یا این یک حس ترحم است ؟او هیچوقت عاشق نشده بود ،حتی هیچوقت

دوست پسری هم نداشت . احساس کرد که آرمین بیدار شده . با عجله به آشپزخانه رفت ، سوپ جو جا افتاده و خیلی خوش مزه شده بود ظرفی کشید و به اتاق بازگشت. از تنها گذاشتن آرمین میترسید سعی کرد که او را کمی بلند کند ، اما نمیتوانست آقای متین سر رسید او خیلی در حرکت دادن آرمین مهارت داشت . با قدرت او را بالاکشید و پشت سرش بالش گذاشت . گوهر کنارش نشست و با مهربانی و صبر و حوصله سوپ را به او خوراند . آرمین حال حرف زدن نداشت خیلی خسته بود و چشمهایش را بست . گوهر چشم به او دوخته بود به این صورت جذاب مردانه به این شانه های پهن ، به این موهای قشنگ مشکی که با عرق پیشانیش قاطی شده و خیس بود ،به این قیافه معصوم که اینقدر درد میکشید ،خدایا او داشت عاشق آرمین میشد .. آنقدر به او نگاه کرد که نفهمید کی خوابش برده ، ناگهان از نور آفتاب که از پنجره بر روی او تابیده بود بیدار شد ، وای او شب به خانه نرفته بود ..ناگهان احساس زیبائی به او دست داد که تمام شب را در کنار آرمین گذرانده .. بلند شد دستی بر پیشانی او کشید

وای دوباره داغ شده بود ..ناگهان آقای متین وارد شد ، نبض او را گرفت و گفت :

"چرا منو خبر نکردی او باز هم تب داره برو انتی بیوتیکش را با قرص تب بر بیار"

گوهر به آشپزخانه دوید و داروها را آورد و آقای متین به او خوراند بعد به گوهر گفت برو آب سرد و حوله بیار باید بدنش را خنک کنیم ..گوهر مثل باد میدوید چند لحظه بعد با ظرفی از آب و چند حوله بازگشت . آقای متین تمام بدن او را با حوله سرد میکرد حدود بیست دقیقه ای این کار را ادامه داد تا آرمین چشمهایش را کمی باز کرد . لبخند غمگینی به گوهر زد و دوباره چشمهایش را بست . آقای متین به او گفت :

"برو صبحانه او را حاضر کن و بیار "

گوهر دوباره به آشپزخانه بازگشت و با عجله صبحانه او را با یک لیوان شیر گرم و یک لیوان آب میوه برداشت و به اتاق باز گشت در این مدت آقای متین او را شسته و لباسش را عوض کرده و

سرش را شانه کرده بود ..و کنار پنجره روی صندلیش نشسته بود گوهر با خوشحالی کنارش نشست و آرام آرام صبحانه او را بهش داد .. شاید تبش پائین آمده بود و یا حالش بهتر بود چون لبخندی به گوهر زد و گفت:

"ممنونم دیشب اینجا ماندی"

گوهر با تعجب پرسید :" تو که خواب بودی "

آرمین گفت:" نیمه های شب بیدار شدم و وقتی ترا کنارم دیدم خیالم راحت شد که تنها نیستم دوباره خوابیدم ."

گوهر خیلی دلش میخواست به او بگوید که امروز صبح وقتی بیدار شده از اینکه تا صبح در کنار او بوده احساس قشنگی داشته اما خجالت کشید .

آنروز خیلی بیشتر دلش میخواست کنار آرمین باشد و مرتب از او می پرسید چکار کند تا او خوشحال شود و وقتی دم غروب که میخواست برود دوباره از او پرسید آرمین جواب داد:

" امشب به خانه نرو کنارم باش .. یعنی هیچوقت نرو پیشم بمان"

گوهر صدای قلبش را می شنید ..این با هم بودن ها به کجا خواهد انجامید ؟ به مادرش زنگ زد و گفت حال آرمین خوب نیست و او امشب هم اینجا خواهد ماند.

خانم دکتر زنگ زد گفت تا شام میرسد خانه و پرسید حال آرمین چطور است ؟گوهر هم جریان تب صبح را برایش گفت و ادامه داد که آرمین از او خواسته امشب بماند ، شاید میخواست از او اجازه بگیرد . خانم دکتر خیلی خوشحال شد و گفت یادت نره دکتر گفت از حالش ساعت به ساعت یاداشت بگیرید تو هم همه چیز را بنویس تا من بیایم.

گوهر دلش خواست به یک موسیقی گوش کند بطرف سی دی ها رفت و آهنگ ملودی مهتاب بتهوون که آرمین خیلی دوست داشت برایش گذاشت و به کنار او آمد . خیلی دلش میخواست کنار آرمین بنشیند و سرش را به شانه های مردانه او تکیه دهد

فضای اتاق دیگر تاریک شده بود یکی از چراغهای کم نور را روشن کرد به محض روشن شدن چراغ گوهر متوجه شد که او بیدار شد، و کمی سرش را به طرف گوهر چرخاند .گوهر با آرامی به او گفت :

" خوشحالم که دیگه تب نداری "

آرمین آهسته جواب داد :

" حالم خیلی خوبه ولی میخوام بخوابم "

دیگر حرف نزد تا خوابش ببرد . گوهر بالای سرش نشسته بود ، نفس کشیدنش ، موهای آشفته که در اثر عرق کردن بهم چسبیده بود، چشمان خسته و خواب رفته ، ریش کوتاه و نامرتبش را تماشا میکرد و در این فکر بود که اگر آرمین بیدار شود و ببیند که او این طور به او خیره شده چه خواهد گفت ؟ اما گوهر از بودن کنار او و دیدنشش سیر نمی شد . فکر میکرد که در یک جزیره دور افتاده است و بجز او و آرمین کس دیگری در آنجا نیست . روی همان صندلی روبروی آرمین نشسته بود و نفهمید که کی

خوابش برد ، نمیدانست چه ساعتی است ، با شنیدن صدایی از یک خواب عمیق و شیرین بیدار شد . نور آفتاب از پنچره به داخل اطاق و روی او تابیده بود ، و خبر از صبحی روشن و خوب میداد آرمین هم بیدار شده نگاهی همراه با عشق و تشکر به او کرد و با لحنی صمیمانه گفت :

"گوهر میخوام یک چیزی که خیلی مهم است به تو بگویم ، شاید ناراحت بشی ، اما دیگر تحمل این را ندارم باید به تو بگویم که من با تو در این اتاق نفس میکشم ..من زندگی را در دستهای نوازشگر تو می بینم .. نمیدونی چه هیجانی به زندگی من آوردی ..من بی تو یک مرده متحرک بودم ، تو به من جان دادی ، احساس زنده بودن دادی ،امید به خوب شدن دادی .. کاش تو هم مثل پرستارهای دیگه بودی ! اما نیستی تو برای من زندگی هستی ، گاهی فکر میکنم تو مثل یک رویا وارد زندگی من شدی ولی وقتی مرا لمس میکنی می فهمم که این رویا نیست ، تو واقعا اینجا هستی ، هر صبح که صدایت را می شنوم احساس میکنم تو واقعیت داری!! تو هستی و من باورم میشه که در این دنیا خوشبخت هستم ."

چشمهای گوهر پر از اشک شده بود و گفت"

"تو الهام بخش شعر شاعران هستی ، تو این حرفهای قشنگ را چطور به من گفتی تو باید شاعر می شدی نه مهندس ! چقدر انتظار داشتم که از تو این حرفها را بشنوم باور کن وقتی از اینجا میروم تا دوباره باز میکردم تمام مدت دارم با تو حرف میزنم ، دلم میخواهد باور کنی که من هم حس عجیبی به تو دارم وقتی تب میکنی منم گر میگیرم ..خدا کند من لیاقت عشق ترا داشته باشم چون منم به عشق تو نیازمندم"

آرمین باورش نمی شد که این حرفها را از گوهر می شنود . او شبها زیادی تا صبح تمرین میکرد که چگونه به او بگوید که دوستش دارد . از خوشحالی میخواست پرواز کند با شرم گفت :

" اگر لیاقت داشته باشم؟ یعنی چه ؟ این منم که باید این سوال را از تو بکنم !! ترا بخدا به من ترحم نکن "

گوهر لبخندی زد و گفت :

"بهتر است این موضوع را عوض کنیم "

آرمین به چشمهای زیبای او نگاه کرد و گفت:

"چرا ؟ چرا این موضوع را عوض کنیم ؟ این بهترین موضوع زندگی من است ؟ با چه موضوعی میشود آنرا عوض کرد ؟"

گوهر بلند شد و بکنار او رفت و صورتش را به گوش او نزدیک کرد و آهسته نجوا کنان گفت:

" من هم لحظاتی که با تو هستم از این با هم بودن لذت می برم "

و دستش را در دست گرفت و گفت :

" چرا دستت یخ کرده ؟"

آرمین جواب داد :

"باورم نمیشه که این حرفها را به تو زده باشم ، باورم نمیشه که اینقدر خوشبخت باشم که دختری مثل تو که آرزوی هر مردی میتواند باشد از من خوشش بیاید ."

گوهر به سر جایش برگشت و گفت میروم یک چایی برای خودمون بیارم که خانم دکتر وارد اتاق شد .

روزها گذشت و حال او رو به بهبود بود کمتر تب میکرد . گوهر
دیگر بیشتر شبها را در خانه آنها میگذراند . یک پرستار فیزیو
تراپ جدیدی بنام خانم یاسمین دکتر کینگ برای او فرستاد .
ورزش برای آرمین خیلی درد آور بود، اما به این امید این دردها
را تحمل میکرد که در کنار گوهر باشد . گوهر هم به یاسمین کمک
میکرد وقتی او از درد فریاد میکشید گوهر دستش را میگرفت و
او را نوازش میکرد و به این وسیله به او آرامش می بخشید .

یاسمین به گوهر گفت :

"امروز میخواهم کاری بکنم که به یک نفر دیگر احتیاج دارم"

گوهر گفت :" من که هستم !"

"نه به یک نفر که قوی باشد احتیاج دارم "

گوهر به آقای متین زنگ زد و گفت فورا خودت رو برسون اینجا
پس از اندک مدتی متین رسید و یاسمین به او گفت باید ریه های
او را کمی ورزش بدهیم

متین آرمین را بالا کشید و بصورت نشسته نگاه داشت و یاسمین
محکم با دست ضربه به پشت او میزد . آرمین ناگهان فریاد زد

"ولم کنید خیلی درد دارد"

گوهر جلو دوید و دستهایش را در دست گرفت تا او را آرام کند

یاسمین توضیح داد که ریه های او عضلاتش سفت شده و آب جمع
میکند این کار را باید لا اقل یک روز در میان انجام بدهد . متین
گفت به کمک گوهر این کار را خواهد کرد . آرمین خیلی خسته
شده بود . بعد از تمام شدن فیزیوتراپی گوهر با کمک متین او را
بروی تخت گذاشتند و او به خوابی عمیق فرو رفت .

هفته ای سه بار یاسمین می آمد و حال آرمین خوب بود . همین که
تب نمیکرد و بیهوش نمیشد برای گوهر کافی بود .

***

یک روز خانم دکتر به او گفت چند تا از دوستان آرمین
میخواهند بیایند و او را ببینند . البته این هم خوب بود هم بد .

او حتما از دیدن دوستان قدیمی خوشحال می شد ولی اگر احساس افسردگی میکرد که چرا او زمین گیر شده و نمیتواند مثل آنها آزاد باشد ممکن بود همه زحمت های او را به هدر بدهد . بنا براین به خانم دکترگفت باید از خودش بپرسد.

با آرامش کنارش نشست و گفت :

"آرمین جان برات یه خبر خوب دارم .. امروز قراره چند تا از دوستان قدیمی تو برای دیدنت بیان دوست داری آنها را ببینی ؟"

اما آرمین دلش نمیخواست که آن روز کسی را ببیند، دلش میخواست با گوهر تنها باشد . گوهر به خانم دکتر زنگ زد که فعلا عذر دوستانش را بخواهد تا فرصتی بهتر پیش آید .

وقتی فیزیوتراپی تمام شد و او را به اتاق خودش باز گرداند و به کمک آقای متین او را روی تخت خواباند

آرمین که خیلی خسته شده و درد زیادی را تحمل کرده بود گفت:

"فقط به من یک مسکن قوی بدین چیز دیگری نمیخوام"

و گوهر رفت تا برایش نوشابه خنک بیاورد. همراه نوشابه قرص
مسکن را هم آورد و کنار او نشست و آرام آنها را به او خوراند و
بعد پرسید:

"آرمین جان خوبی به چیزی احتیاج داری ؟"

او نگاهی با عشق و از روی حق شناسی به گوهر کرد و جواب داد

"خیلی خسته هستم فقط میخواهم بخوابم ، اما تو از کنارم نرو"

گوهر صندلیش را آورد کنار او و مثل اینکه بچه ای را میخواباند با
دستش موهای او را نوازش میکرد تا آرمین خوابش برد . نگاهی
به او کرد که مثل یک طفل معصوم به خواب رفته بود و با خود
می اندیشید.

خدایا عاقبت این عشقی که بین ماست چه میشود ؟حالا مطمئن
بود که آرمین هم عاشق اوست ، اما دیگران چه آیا با این عشق
موافقت خواهند کرد ؟ آیا پدر و مادرش قبول خواهند کرد که او با
زندگیش اینگونه بازی کند ؟ آنها میگفتند که او خیلی جوان است
که چنین مسئولیت بزرگی را بر دوش خود بگذارد . اما

عشق که خبر از این چیزها ندارد بدون اینکه در بزند سر زده وارد می شود .

برای خودش یک چایی درست کرد و به کنار پنجره مشرف به حیاط رفت و آنجا نشست و دوباره بدنیای رویاهایش باز گشت. با خودش میگفت : زندگی با سرعت پیش میرود ، واقعیت این است که زمان در جا نمیزند و ما را با خود میبرد ، شاید زندگی همین لحظاتی است که باید از آن حد اکثر استفاده را ببریم . بعد بلند شد و بطرف اتاق آرمین رفت و دید چه معصومانه در خواب شیرین است .با خودش آرزو میکرد که خدایا میشود حال او خوب شود و دوباره روی پاهایش بایستد در این فکر ها بود که تلفن زنگ زد مادرش بود که نگران او شده که چرا باز هم شب بخانه نیامده

در جواب مادرش گفت :" حال آرمین خیلی بد بوده و باید کنارش می ماندم اما مامان تو نگران من نباش حالم خوبه "

دوباره به اتاق آرمین بازگشت ، او بیدار شده بود ، گوهر به کنارش

رفت دستی به پیشانی او کشید خدا را شکر تب نداشت . شانه آورد و موهایش را شانه زد و با حوله خیس صورتش را شست و پرسید :

"چیزی لازم داری که برایت بیاورم ؟"

آرمین با نگاهی پر از تشکر و عشق گفت :

"همین که پیشم باشی برای من بس است"

گوهر گفت :"من میروم صبحانه خودت و خودم را بیاورم که با هم بخوریم "

و بسرعت بسوی آشپزخانه رفت . خانم سمندریان آنجا نشسته بود و صبحانه میخورد

گوهر پرسید :

"انشاالله خیره که صبح به این زودی بیدار شدین ؟"

خانم سمندریان جواب داد:

"یک عمل بزرگ دارم باید به بیمارستان بروم آرمین چطوره؟"

گوهر جواب داد :" خدا را شکر خوبه ..تب نداره آمدم صبحانه و دواهایش را ببرم "

خانم سمندریان گفت : "الان میرم به او سری بزنم "

گوهر خوشحال شد که وقت بیشتری دارد تا برای او صبحانه بهتری درست کند .با عجله املت قارچ و فلفل سبز برایش درست کرد و سینی را بطور قشنگی چید و داروهایش را در بشقابی گذاشت و چایی و تست هم کنار آنها قرارداد و ناگهان از پنجره چشمش به گل روز قرمزی افتاد که در حیاط روئیده بود با عجله به حیاط رفت و گل را چید و توی گلدان کوچکی گذاشت و سینی صبحانه را با آن تزیین کرد و سپس بسوی اتاق آرمین براه افتاد وقتی رسید خانم دکتر داشت میرفت ، در قیافه اش محبت و تشکر موج میزد . گوهر را بغل زد و گفت :

"ممنونم دختر قشنگ و دوست داشتنی، تو به او زندگی میدهی ، فکر نکن از چشم من دور می ماند ، مطمئنم که با روشی که تو به

او میرسی او روز به روز بهتر می شود ."

بعد آرمین را دوباره بوسید و به طرف در رفت . گوهر سینی غذا را روی تخت آرمین گذاشت . آرمین نگاهی به سینی قشنگ کرد و گفت :

"گوهر جان میشه منو ببری کنار پنجره اتاق میخوام این صبحانه قشنگ و خوش مزه را با تو در کنار منظره حیاط بخورم"

گوهر بلافاصله سینی را برداشت و به شیده زنگ زد که به اتاق آرمین بیاد و صندلی او را به کنار تخت آورد . شیده با ترس وارد اتاق شد فکر میکرد که اتفاق بدی افتاده ولی گوهر به او گفت :

"بیا به من کمک کن تا او را روی صندلی بنشانیم"

شیده جلو آمد ، او بارها این کار را کرده بود و به راحتی میدانست که چه باید بکنند و خیلی راحت آرمین را روی صندلی چرخدار گذاشتند . شیده به آشپزخانه باز گشت . گوهر صبحانه را روی میز کنار پنجره چید و صندلی خودش را روبروی آرمین کشید و نشست تا با هم یک صبحانه عاشقانه را بخورند . بیرون کم کم

آفتاب داشت بر تیرگی شب غلبه میکرد و زیبایی حیاط در زیر آفتاب کم رنگ صبح خیلی شاعرانه شده بود .

آرمین گفت : "نمیدانی در کنار تو بودن چقدر مرا خوشحال میکند برایم حرف بزن "

گوهر گفت :"از چه بگویم "

آرمین جواب داد:"تو هر چه بگویی برای من زیباست دلم میخواد که فقط صدای ترا بشنوم ."

گوهر گفت :" برای خوب زندگی کردن لازم نیست که حتما روی پایت باشی ، همین که از روزهای قشنگی که می آیند بطور خوب استفاده کنی و ازآن لذت ببری این خود زندگیست . باید این روزهای قشنگ را نقاشی کنیم ."

آرمین گفت :" تو چه پیشنهادی داری ؟"

گوهر گفت : "آرمین دلم میخواد با هم یک کتاب بنویسیم ، که خاطرات این روزها و گفته های قشنگ ترا در آن ترسیم کنم

موافقی ؟"

آرمین گفت : "چرا که نه .. ولی این جملات زیبا را کجا میخوای استفاده کنی "

گوهر گفت :"در همین کتاب گذر عمر را به تصویر میکشیم "

آرمین نگاهی به بیرون کرد و گفت :

"گذر عمر از کفت به رایگان میرود ، همانطور که کودکی رفت ، جوانی هم دارد میرود ، این کاروان زندگی خیلی سریع در حال گذشتن است ."

گوهربسرعت جلوی حرف و احساسش را گرفت و گفت :

"دوست ندارم با تو از نا امیدی حرف بزنم ، احتیاجی نیست که بر روی دو پای خود باشی ، بلکه باید تلاش کنی که بر روزهای قشنگ زندگیت اضافه کنی !!"

آرمین محو حرفهای او شده بود کاش هر روز حالش چنین خوب باشد و بعوض گله از درد حرفهای خوب برای ساختن یک زندگی

عاشقانه در کنار گوهر را بزند .

آرمین قلم و کاغذی خواست و به گوهر گفت:

" برو سیدی بتهون را بگذار دلم برای ملودی های او تنگ شده "

بعد از اینکه صدای موسیقی در فضا پخش شد او شروع بنوشتن کرد ، گاهی مینوشت و گاهی به گوهر خیره می شد انگار از او الهام میگرفت.

آن روز را در کنار گوهر به آرامی گذراند و شب همه با هم شام خوردند . نوشتن برای آرمین انگیزه ای شده بود مخصوصا بعد از اینکه حرف دلش را به گوهر گفته بود و احساس میکرد که گوهر هم احساسی به او دارد.

شب گوهر بعد از اینکه به اتاق آرمین بازگشت ناگهان گفت:

"آرمین دوست داری به کنسرت برویم؟"

آرمین از خدا میخواست که ساعات خوبی را در کنار گوهر بگذراند گفت:

" فکر نمیکنی برایت سخت باشد ؟"

گوهر با خوشحالی گفت :

" چرا اینطور فکر میکنی مگر ترا دکتر نمیبرم !!

آرمین ازخدا میخواست مثل یک عاشق معمولی با گوهر رفتار کند نه یک مرد فلج و زمین گیر! حالا که او دلش میخواهد به کنسرت برود چرا که نه .

فردا صبح وقتی گوهر به آشپزخانه رفت تا صبحانه آرمین را تهیه کند . خانم دکتر سمندری داشت صبحانه میخورد . بعد از اینکه جواب سلام گوهر را داد گفت :

" این برنامه کنسرت از کجا درست شده ؟ فکر میکنی آرمین میتواند اینقدر از خانه دور باشد؟"

گوهر با کمال خونسردی جواب داد:

" تا زمانی که شما به چشم یک معلول به او نگاه کنید او قادر نخواهد بود که هیچ کاری انجام دهد !! جسم او بیمار است عقل و

احساسش که نیست . چرا وقتیکه این همه تجهیزات برای بیرون
بردن از خانه برای او داریم او را اسیر اتاق کنیم . من قول میدهم
همه مسئولیت را بعهده بگیرم .. و به او خیلی خوش بگذرد خانم
دکتر ما که میدانیم طول زندگی او زیاد نیست پس عرض ش را
برایش خوش آیند کنیم تا از آن لذت ببرد ."

خانم دکتر از اینکه چنین دختر بالغ و با شعوری دارد از آرمین
پرستاری میکند و فقط وظیفه پرستار را انجام نمیدهد و بیشتر
نقش یک دوست را برای او دارد خیلی خوشحال شد و گفت :

"باشه هر چه که تو بگویی فقط خسته نشود "

و برای دیدن آرمین به اتاقش رفت . گوهر خیلی خوشحال شد و
صبحانه او را برداشت و به اتاق آرمین رفت .خانم دکتر داشت می
آمد بیرون اما صورتی خندان داشت . معلوم بود که از دیدن آرمین
خیلی خوشحال شد ه. گوهر با خوشحالی زیاد به آرمین گفت:

" رضایت مادر ت رو گرفتم فردا شب میریم کنسرت "

آرمین از شادی گوهرخوشحال بود و در دل آرزو میکرد که اینها

فقط یک دل رحمی نباشد .

فردا آقای متین آرمین را حمام کرد و لباس قشنگی پوشانید ،ریش او را اصلاح نمود. او خیلی قشنگ و زیبا شده بود . گوهر هم لباس خیلی زیبایی پوشیده و موهای بلند و قشنگش را به روی شانه هایش افشان کرده و روژ لب قشنگی هم به لبانش زد و با شادی چرخ آرمین را به طرف گاراژ برد . خیلی راحت به کمک آسانسور ماشین او را سوار کرد و براه افتاد . خیابان ها بوی بهار میدادند ، گل های بهاری بوی مست کننده خود را همه جا افشانده بودند . این اولین بار بود که به بیمارستان نمیرفتند و برای تفریح از خانه بیرون آمده بودند . به سالن کنسرت رسیدند . در جای مخصوص ناتوانان پارک کرد و آرمین رابه کمک آسانسور پیاده نمود.

آرمین نگاهی به طرف تپه مقابل کرد و گفت:

"گوهر اگر چیزی ازت بخوام ناراحت نمیشی ؟"

گوهر گفت :" من میخواهم تو لذت ببری برای من فرق نمیکند"

آرمین جواب داد :

"بالای آن تپه یک رستوران است که من آنجا را خیلی دوست دارم منظره بسیار قشنگی داره ، دلت میخواد عوض کنسرت بریم آنجا و یک شام دو نفره بخوریم ؟"

گوهر خیلی هم از این پیشنهاد خوشحال شد و دوباره او را بطرف ماشین برد و سوار شدند و بسوی رستوران رفتند . هر دو خیلی خوشحال بودند . آرمین گفت :

" میخوام در این هوا خوش کمی نفس بکشم "

بعد رو کرد و به طرف گوهر و ادامه داد:

" چند نفس عمیق بکش"

گوهر لبخندی زد ودستش را پیش برد شال گردن او را کمی مرتب کرد در این موقع آرمین دست او را در دست گرفت و گفت

"احساس خوبی دارم ، دلم میخواست میتوانستم روی دو پایم به ایستم و تو را در آغوش میگرفتم "

گوهر لبخندی زد و دست او را فشرد و بطرف رستوران حرکت کردند.. گوهر تا بحال به این رستوران نرفته بود . وقتی وارد رستوران شد به سلیقه آرمین آفرین گفت چه جای زیبائی بود یک میز در تراس گرفتند تا مشرف به منظره دره سر سبز و دریا باشد و بتوانند از دیدن آن لذت ببرند . شام بسیار خوبی آرمین سفارش داد و برای ساعتی دور از خانه به گفت و گو پرداختند.

آرمین گفت :

"من از اینکه با تو هستم خیلی خوشحالم ...اما بعد از چندی حوصله تو از یک مرد فلج سر نخواهد رفت !! ؟اگر مرا ترک کنی چه کنم ؟؟"

گوهر دستش را روی دست او گذاشت و گفت :

"باید تا بحال مرا شناخته باشی !! من ایده هایم با دختران دیگر فرق میکند!! من به همین چیزهای کوچک دل شاد میشوم با تو موزیک گوش کردن ، برایت کتاب خواندن !! این طوری بنشینیم و حرف بزنیم !! چیز هایی که من میخواهم یک قلب مهربان و

یک روح پاک است که تو داری منم بیشتر از این از زندگی نمیخواهم ."

آرمین جواب داد : " برای یک لحظه دلم میخواست که میتوانستم بلند شوم و ترا بغل بگیرم و برای این شب قشنگ ازت تشکر کنم کاش طوری می شد که تو دیگر از پیش من نمیرفتی !!

گوهر لبخندی زد و گفت : "چرا که نه شاید اینطور بشود ."

آرمین با لبخندی جواب داد :

"بنظر من تو یک ساحره ای که با نگاهت و حرفهایت مرا سحر کرده ای ."

شام تمام شد و هوا داشت سرد می شد و گوهر تصمیم گرفت که بخانه باز گردند . وقتی او را بطرف ماشین می برد گونه او را بوسید که این برای آرمین خیلی ارزش داشت.

آرمین گفت :"گوهر من دیگر برای شروع یک زندگی با تو روز شماری میکنم ! نمیدانم لیاقت این را دارم که تو را برای همیشه

در کنار خودم داشته باشم . برایم بگو که خوشبختی چیه؟"

بعد با همان دستی که کمی حرکت داشت فشار مختصری بر دست گوهر آورد و بدینگونه عشق خودش را به او ثابت کرد . از این فشار دست احساسی به گوهر دست داد که برای بار اول بود . یعنی دوستی آنها دارد وارد یک بعد جدیدی میشود .

با دست شانه آرمین را فشاری داد وگفت : "میدونی خوش بختی کجاست.. جائیکه در یک کلبه دور با صدای آبشار آدم از خواب بیدار شه و صدای گاو گوسفند هائی را بشنوه که با نی لبک چوپان جوان بسوی صحرا میرن ،بدون هیچ کدام از این فشارهای زندگی که در شهر های بزرگ هست ،من دلم میخواد در کنار تو ودر آن کلبه زندگی کنم . خوشبختی یعنی شاد کردن دیگران ، یعنی گفتن یک حرف خوب ، یعنی شنیدن صدای عشق، خوشبختی یعنی در طبیعت نشستن و قلم بدست گرفتن و رنگ سبز به همه دنیا پاشیدن ، یعنی در رویا زندگی کردن ،یک استکان چایی در کنار کسی که دوستش داری خوردن و خواندن یک رمان عشقی در زیر آسمان آبی"

آرمین آهی کشید .. شاید نصف این کار ها را نمیتوانست انجام

دهد اما مطمئن بود که بکمک گوهر خواهد توانست آسمان آبی را

بیابد و ببیند.

با صدائی که از هیجان میلرزید گفت :

" آری فهمیدم از ته قلبم فهمیدم"

بعد دستش را روی دست او گذاشت و گفت:

"گوهر تو به من زندگی دوباره دادی از تو همیشه سپاس گذارم "

به اتومبیل رسیدند و سپس راهی خانه شدند .

***

یک روز صبح زیبای آفتابی که شب گوهر به خانه خودشان

رفته بود .با شادی بیدار شد و لباسی که دیروز خریده بود پوشید

،گل سری که به آن لباس می آمد به موهایش زد . کفش و کیف

نویش را برداشت . به آشپزخانه رفت مادرش داشت صبحانه

درست میکرد با دیدن او گفت :

"ماشاءالله چقدر زیبا شدی چشم حسود ازت دور باشه بشین صبحانه بخور"

گوهر با خنده و روحی که سرشار از خوشی بود مادرش را بوسید و گفت:

"مامان جان باید برم دیرم میشه ..صبحانه رو با آرمین میخورم"

و بطرف پله ها رفت . پدرش از بیرون داشت بخانه باز میگشت روی پله ها او را دید و بغلش کرد و گفت :

" دختر خوشگلم مواظب خودت باش."

گوهر از خانه بیرون رفت . نزدیک خانه آنها یک گل فروشی بود کنار ویترین آن ایستاد و گلها را برانداز کرد ، چه گلی متناسب آرمین است . تصمیم گرفت گل مریم و زنبق سفید بخرد . چند شاخه گل خرید و با یک تاکسی رهسپار خانه آرمین شد .

وارد هال شد ولی کسی را ندید ، بسوی اتاق آرمین رفت . آرمین کنار پنجره رویاهایش نشسته بود . گوهر بسوی او رفت ..با

طنازی گلها را روی پای او گذاشت و رویش را بوسید و گفت:

"نمی دونستم چه رنگ گل دوست داری ولی بنظر من تو به خوبی و پاکی همه گلهای دنیا هستی .

چشمان آرمین پر از اشک شد و دستی بروی گلهای کشید و گفت "راست میگی گوهر گل سفیدزیباترین گل است .. رنگ محبوب من"

گوهر گلها را از روی زانوی او برداشت و در گلدان زیبایی تزئین کرد و آورد گذاشت روبرویش ، آرمین نگاهی با عشق به گلها و گوهر کرد چقدر شبیه هم بودند . گوهر مثل یک گل پاک سفید به زندگی او وارد شده بود

آرمین نگاه عاشقانه ای به او کرد و گفت :

"کاش برای یک لحظه که شده میتوانستم روی پاهایم بیایستم و تو را محکم در آغوش بفشارم "

گوهر به کنارش آمد و گفت :

"اصلا برای من وضعیت تو مهم نیست .. تو تنها مردی هستی که دلم را لرزانده ای خیلی دوستت دارم"

آرمین احساس میکرد که دلش میخواهد زنده بماند بخاطر دل گوهر ، بخاطر اینکه زندگی خاموش او را نور باران کرده بود او علاوه بر تمرین های معلم ورزش و فیزیوتراپی باید خودش هم کوشش کند که بتواند بهتر حرکت کند ، باید برای تلافی این همه عشق و امید که گوهر به او میدهد، او هم تلاش کند تا خودش را لایق او کند ، سعی کرد که خودش بدون کمک بروی تخت برود و بدنش را بکار بیندازد . خیلی سخت و دردناک بود اما توانست سرش را به روی تخت برساند که گوهر وارد اتاق شد . حدس زد که او میخواهد خودش کارش را انجام دهد بسویش رفت و گفت:

"عزیزم آفرین .. چقدر خوب خودت را به تخت رساندی بگذار منم کمک کنم تا پاهایت را هم ببری بالا."

آرمین خیلی خوشحال شد ، وقتی بالای تخت قرار گرفت آنقدر خسته شده بود که انگار کوه کنده سرش را به بالش تکیه داد و

نفس عمیقی کشید گوهر فهمید که او باید بخوابد ..رویش را

پوشانید کتابی در دست گرفت و کنارش نشست و شروع به

خواندن کرد تا او بخوابد .

***

از روز بعد آرمین گویی یک انرژی تازه ای یافته بود ،

انرژی عشق که به او میگفت تو خوب خواهی شد ، باید خودت

بخواهی ، اگر میخواهی در کنار گوهر به یک زندگی آرام برسی

باید خودت را لایق او کنی . هر روز با خوشحالی به اتاق ورزش

میرفت با اینکه درد فراوان داشت ولی همه کارها را با جان و دل

انجام میداد دیگر از درد فریاد نمی کشید .هر روز بعد از ورزش

آقای متین او را به حمام میبرد و لباس مرتب می پوشانید و

بروی تختش میگذاشت و سپس گوهر به کنارش می آمد رویش

را میبوسید دستهای او را در دستش میگرفت و به او میگفت :

"تو به زودی خوب خواهی شد ، بخاطر عشق من باید سعی کنی

که خوب بشی "

مدتی گذشت و حال او خوب بود ، البته پیشرفت زیادی نکرده

بود ولی همین که تب نمیکرد و به بیمارستان نمی رفت . برای

همه آنها کافی بود . هما خواهرش برای دو سه روزی بخانه آمده

بود تا با برادرش وقت بگذراند . به اصرار گوهر سه نفری به کنار

دریاچه رفتند . مرغابی ها در روی آب نشسته و دنیا را نظاره

میکردند . گوهر و هما در دو طرف او راه میرفتند و صحبت

میکردند . گوهر در دلش غوغایی بود هم آرمین را خیلی دوست

داشت هم نمیدانست این مسئله را چگونه به خانواده اش بگوید .

چون مادرش یکبار به او گفته بود :

"عزیزم عشق را با ترحم قاطی نکن آنچه تو نسبت به او حس

میکنی شاید ترحم باشد . او زندگی طولانی ندارد و تو فقط بیست

و سه سال داری هنوز خیلی برای بیوه شدن جوان هستی !"

آرمین دستش را فشار داد و گفت :"عزیزم به چه فکر میکنی ؟"

گوهر گفت :"حالا که خواهرت آمده من بخانه خودمون برم

خیلی وقت است که نرفتم دل آنها برای من تنگ شده !"

آرمین اصلا راضی نبود اما چاره ای هم نداشت بالاخره دل گوهر

برای خانواده اش تنگ می شد . و باید گاهی از وقتش را با آنها

میگذراند .

هوا داشت سرد می شد و آنها تصمیم گرفتند که بخانه باز گردند،

با اینکه دیگر تابستان نزدیک بود ولی سانفرانسیسکو همیشه باد

سردی دارد .

آنشب بعد از مدتها گوهر به خانه خودشان رفت . مادر و پدرش

خیلی خوشحال شدند . پدرش از اینهمه نزدیکی که بین آرمین

و گوهر به وجود آمده بود می ترسید ولی مادرش دوستانه با او

حرف میزد که شاید بتواند از عواقب این عشق و دوستی گوهر

را باخبر کند . اما گوهر بیش از اینها در این رابطه غرق شده بود

که با این حرفها بتواند برگردد. او مسخ روح عارف مآبانه آرمین

گشته بود. مثل مرید و مراد بودند .. حرفهای آرمین برایش خیلی

ارزش داشت گوهر مثل بقیه دخترها بدنبال ثروت و خوشگذرانی

با مردها نبود، او دختری بود از نسل قدیم که هنوز عاشق کتاب

خواندن و موسیقی گوش کردن بودند .. او هم هیاهو را دوست نداشت .حرفهای پدر و مادرش در وی اثری نمیکرد .. او تصمیم خودش را گرفته بود که در کنار آرمین باشد و این در کنار هم بودن را به دنیایی نمیداد . فردا صبح با اشتیاق زیاد لباس مناسبی پوشید و خودش را آراست و پدر و مادرش را بوسید و روانه خانه آرمین شد ..

***

یک روز صبح به آشپزخانه رفته بود تا صبحانه آرمین را آماده کند وقتی به اتاق بازگشت متوجه شد که آرمین به تنهایی میخواهد به روی صندلیش بنشیند . این کوشش او را امیدی به زنده بودن می دانست و گوهر هم او را تشویق میکرد مگر دکتر ها نگفته بودند که باید کوشش کند که عضلاتش بیشتر از این از کار نیفتد تا روزی که معجزه ای شود و داروی این درد را بیابند .

وقتی گوهر را دید با خوشحالی گفت :

" دیدی گوهر خودم نشستم "

گوهر بسویش رفت دست نوازشی بر سر او کشید و گفت:

"آفرین پسر خوب ، دیدی میتونی این کار را بکنی باید خبر این
موفقیت رو به دکترت بدم حتما خیلی خوشحال میشه ."

گوهر صندلی او را حرکت داد بطرف پنجره محبوب او و صبحانه
را روی میز مقابل او گذاشت و صندلی خودش را هم به کنار او
کشید و یک صبحانه عاشقانه باهم خوردند .

آرمین در دل آهی کشید و با خودش گفت من تابحال دختری به این
خوبی و خانمی و فهمیده گی در زندگیم ندیده بودم ..ای کاش اسیر
این صندلی نبودم و در کنارش عاشقانه زندگی میکردم

وقتی حرفهای دلش را برای گوهر گفت ، او با خنده گفت :

"عزیزم در دنیا هر چیزی بخاطر دلیلی اتفاق می افتد .. اگر تو
بیمار نبودی و من به عنوان پرستار تو به این خانه نیامده بودم
شاید اصلا در دنیای به این بزرگی همدیگر را پیدا نمیکردم ..من
از همین هم خیلی خوشحالم"

آرمین فکر میکرد خداوند از آسمان این فرشته مهربان را برای او فرستاده و باید شکر گزار باشد و بقول گوهر از آنچه دارد لذت ببرد. و بخاطر او تا میتواند کوشش کند تا بیشتر زنده بماند .

***

آنروز فضای اتاق با همه روزها فرق داشت .آرمین پشت پنجره محبوبش نشسته بود و به باران نگاه میکرد . انگار زمان از حرکت ایستاده بود .او حتی برای لحظه ای نمی توانست چهره زیبا ، خانم و مهربان گوهر را نبیند . با خودش میگفت باید مغرورانه تحمل همه دردها را بکنم و زندگی را به جلو ببرم .. باید خودم را لایق گوهر بکنم . گاهی فقط میتوانست دست او را گیرد و این گرما برای او حیاط بخش بود و انگار که در گرمای تابستان غرق می شد ، و وقتی گوهر عاشقانه صورت او را نوازش میکرد انگار دیگر در دنیا آرزویی نداشت .

فشار مختصری بر دست گوهر وارد کرد و گفت:

"میدانم چقدر باید از خدا سپاس گذار باشم که ترا برای من

فرستاده از دیدنت ، از عشقت ، از مهربانی هایت سیر نمیشوم ."

در این موقع ضربه ای بدر خورد و خانم دکتر وارد اتاق شد و بعد از اینکه گوهر را بوسید بسوی آرمین رفت و او را هم در آغوش کشید و بعد گفت:

"امروز من آزادم و میخواهم در کنار شما خوش باشم برای امشب در رستوران دلخواه آرمین میزی رزرو کردم که همه شام را با هم باشیم و لذت ببریم "

سپس رویش را به گوهر کرد و گفت : "ساعت پنج آنجا منتظر شما خواهم بود وبعد اتاق ا ترک کرد ."

گوهر خیلی خوشحال شد ، آنروز روز تولدش بود و هیچکس انگار یادش نبود . فکر نمیکرد که خانم دکتر برای تولد او جشن گرفته باشد ولی از اینکه روز تولدش برای شام به بیرون از خانه برود خوشحال بود .

***

خانم دکتر خوب یادش بود که آنروز تولد گوهر است ولی
میخواست او را سورپرایز کند . حتی به خانواده او هم زنگ زده و
آنها را دعوت کرده بود که امشب همه دور هم تولد گوهر را جشن
بگیرند . ولی به آنها گفته بود که چیزی به گوهر نگویند تا او را
خوشحال کند .

بعد از ظهر آقای متین آمد و آرمین را به حمام برد و لباس شیکی
بر او پوشانید و صورتش را اصلاح کرد . در این مدت گوهر هم
آماده شد لباس زیبائی را پوشید ، موهایش را روی سرش جمع کرد
و آرایش مختصری نمود که زیبایی او را دو صد چندان کرد وقتی
آرمین را آقای متین از اتاقش بیرون آورد قلب گوهر میخواست از
شادی بایستد چقدر خوش قیافه و شیک شده بود ..

با هم بسوی رستوران حرکت کردند . میزی کنار پنجره رزرو کرده
بودند تا آرمین منظره دره را ببیند . خانم دکتر منتظر آنها بود .
دریا هم دیده می شد و بر زیبائی این شب زیبا می افزود . ناگهان
گوهر دید که پدر و مادرش بهمراه صدف وارد رستوران شدند و با

لبی خندان بسوی آنها می آیند . انگار دنیا را به گوهر دادند . پس این میهمانی برای تولد او ترتیب داده شده ،آنها به سر میز رسیدند و گوهر را در آغوش کشیدند و بعد با خانم دکتر و آرمین آشنا شدند . پدر گوهر از دیدن آرمین در آن حالت لبخند تلخی زد و

کمی نگران آینده دخترش شد . چگونه دخترش برای کمک کردن به بودجه خانواده خودش را در گیر یک مرد فلج کرده !! در دلش غوغایی بود اما مجبور بود که لبخند بزنند ، او نمیخواست بهترین شب دختر نازنین خود را خراب کند . اما مادر گوهر واکنش بهتری داشت ، او که گوهر را بهتر می شناخت از خوشی او شاد بود و قبول کرده بود که گوهر عاشق آرمین شده و طوری رفتار میکرد که آرمین یک جوان عادی است نه یک مرد فلج .

خانم دکتر به افتخار گوهر دستور یک نوشیدنی مخصوص قبل از شام داد و بعد لیوان خودش را برداشت و گفت :

"به افتخار دختر خوب و زیبایی که زندگی پسرم را دگرگون کرده است و ممنون از شما که این اجازه را دادید که او اینطور شبانه

روز در کنار آرمین باشد . "

پدر گوهر هم لبخند غمگینی زد و گفت :

" فکر میکنم امسال گوهر از همیشه در روز تولدش خوشحال تر است . ما هم از این همه محبت شما تشکر میکنیم ."

بعد پیش غذا را آوردند و پس از مدتی هر کس شام خودش را سفارش داد . گوهر برای خودش و آرمین غذای مورد علاقه او را سفارش داد و در موقع خوردن به آرمین کمک میکرد ، که این برای پدرش کمی دردناک بود ولی چه می شد کرد قسمت آنها هم چنین بود . گوهر سعی میکرد که طوری به خانواده اش بفهماند که اینقدر به آرمین نگاه نکنند چون او ناراحت می شود . بالاخره مادرش فهمید و صحبت های دیگری به میان کشید ولی پدرش خیلی غصه میخورد اما سعی میکرد که خودش را شاد نشان دهد. پس از شام گوهر ناگهان دید که کارسونهای رستوران دارند کیکی که شمعی بر روی آن روشن است بسوی او می آوردند . از خوشحالی گریه میکرد این اولین تولدش بود که آنقدر خوشحال

بود در کنار مردی که دوستش داشت و خانواده اش ، همه با هم آهنگ تولدت مبارک را برایش میخوانند . چشمهایش پر از اشک شده بود خوشحالی اش در این زمان حدی نداشت . وقتی که شمع را فوت میکرد صدف گفت:

"باید بگی چه آرزوی کردی ! "

گوهر نگاهی از روی عشق به آرمین کرد و لبخندی زد ، غیر از سلامتی آرمین او چه آرزویی میتوانست داشته باشد .اما چیزی نگفت

بعد از اینکه کارسون ها کیک را بریدند و همراه چایی برایشان آوردند . خانم دکتر اشاره ای به یکی از کارسون ها کرد و او با یک جعبه که کاغذ هدیه بدورش پیچیده بود باز گشت و جعبه را جلوی گوهر گذاشت .آرمین نگاه عاشقانه ای به او کرد و گفت "تولدت مبارک عزیزم "

خانم دکتر هم با دنیایی از خوشحالی که در صدایش موج میزد گفت:

"گوهر جان برای کارهایی که تو برای آرمین کردی هیچ چیز قابل جبران نیست این فقط یک هدیه کوچکی است برای تولدت"

گوهر خیلی احساس شادی در قلبش میکرد . شاید چون این اولین بار بود که در کنار مردی که دوستش داشت تولدش را جشن میگرفت . خیلی اشتیاق داشت که بداند داخل جعبه چیست ؟

آرمین با آرامش گفت :

"جعبه را بار نمیکنی ؟"

گوهر کاغذ دور جعبه را به آهستگی باز کرد و جعبه را گشود . یک شال سفید بسیار زیبائ که مارک یک تولید کننده خیلی گران بر روی او بود .در داخل جعبه قرار داشت و همچنین جعبه کوچکی که معلوم بود که هدیه دیگری است ، وقتی جعبه دوم را باز کرد . یک گردنبد طلا در داخل آن بود که رویش نوشته بود خوشبختی چشمهای گوهر خیس اشک شد و بی اختیار بلندشدو صورت آرمین را بوسید . آرمین گفت:

"امیدوارم دوستش داشته باشی ؟"

گوهر جواب داد:" عالیست خیلی قشنگ هستند"

بعد خانم دکتر را در آغوش کشید و رویش را بوسید . خانواده خودش هم برایش یک کیف هدیه آورده بودند .که او را خیلی خوشحال کرد .در آخر میهمانی خانواده گوهر دیگر به چشم یک مرد فلج به آرمین نگاه نمیکردند و جذب شخصیت و آقا منشی او گشته بودند .

***

آن شب بعد از اینکه آرمین را بروی تخت خوابش گذاشت . خودش هم به اتاق دیگر رفت تا بخوابد . پرده پنجره را کنار زده و به مهتاب چشم دوخته بود و در آروزی روزی بود که آرمین روی پایش بیاستد و او را در آغوش گرفته و ببوسد .با این افکار بخواب رفت .

صبح با لبخندی بیدار شد و شلوار جینی با یک بلوز آبی پوشید

و خودش را در آیینه تحسن کرد و بعد به اتاق آرمین رفت . او بیدارشده و در انتظار گوهر بود ، گوهر پرسید:

دیشب خوب خوابیدی ؟ حالت خاصی نداشتی؟

آرمین در دلش گفت : بجز فکر کردن به تو حالت خاصی نداشتم ،ولی گفت :

" نه فقط کمی درد داشتم "

گوهر نزدیکش آمد و بوسه ای بر گونه اش زد وگفت :

" میرم که یک صبحانه خوب آماده کنم

بعد گوهر مثل هر روز به آشپزخانه رفت تا خودش را برای یک روز دیگر آماده کند و صبحانه ای رنگین و خوشمزه ای را برای خودشان آماده نماید.. آقای متین هم بسوی آرمین رفت تا کارهای صبحگاهی او را به پایان برساند و بعد طبق معمول کنار پنجره صبحانه خوردند.

***

روزها میگذشتند و برنامه آنها همان بود و تغییری نمیکرد .

گوهر دلش میخواست که به زندگی یکنواخت آرمین تغییری بدهد. هر چند که با هم بودن برایشان کافی بود . اما شاید بیرون از خانه هم چند روزی را سپری کردن برای روحیه خراب او ازهر داروی معالجی بهتر بود .

گوهر تصمیم گرفته بود که او را به یک سفر کوچک چند روزه به اطراف سانفرانسیسکوببرد . دنبال جاهایی که برای افراد فلج محیط بهتر و لوازم لازم را دارند میگشت.

***

یک روز گوهر به خانه خودشان رفت قرار بود چون حال آرمین خوب است چند روزی آنجا بماند و آرمین خودش از این برنامه استقبال کرده بود . شب اول را خوب گذارند و فردا با خواهرش به بیرون رفتند او مقداری لباس برای هر دوشان خرید . بالاخره روزهای خواهرانه ای هم باید با هم میداشتند . شب وقتی

به خانه بازگشت به خانه آرمین زنگ زد ولی کسی جواب نداد

.. نگران شد به تلفن دستی خانم دکتر هم زنگ زد ولی جوابی

نگرفت ، میخواست برود ولی دیروقت بود بالاخره تا صبح به

اضطراب گذراند و صبح به آقای متین زنگ زد و او گفت که همه

در بیمارستان هستند چون آرمین دچار دل درد شدیدی شده !!

سراسیمه خودش را به بیمارستان رسانید . خانم دکتر را دید که

از اتاقی بیرون آمد سلامی کرد ولی او عجله داشت و بدنبال پیدا

کردن دکتر کینگ بود وارد اتاق رامین شد دید مثل یک کودک

معصوم خواب است پس از چند دقیقه آقای متین آمد و توضیح

داد که دچار مشکل روده شده و خوب شد که به موقع او را به

بیمارستان رسانده اند کمی بعد آرمین بیدار شد و نگاهی به دور

برش کرد و ناگهان گوهر را دید آنقدر خوشحال شد که دردش را

فراموش کرد و او را صدا زد . گوهر سرش را به صندلی تکیه داده

و خوابش برده بود . بلند شد و بسوی او آمد و رویش را بوسید

و گفت :

"دیگر ترا تنها نمیگذارم ..هر وقت من میرم خونه خودمون بعدش

باید بیام بیمارستان !"

آرمین بوسه ای بر دستش زد و گفت:

" حالا میفهمی چقدر برای من عزیز هستی ، تحمل دوری ترا اصلا ندارم "

آنشب را در بیمارستان گذراندند و فردا صبح دکتر اجازه مرخصی داد و گوهر به همراه آقای متین او را بخانه بازگرداند . آقای متین او را به حمام برد و گوهر هم با کمک شیده ملافه های اتاق او را عوض کرد و چند گلدان پر از گل در گوشه و کنار اتاق گذاشت . آرمین وقتی از حمام بیرون آمد ازدیدن اتاقش خیلی خوشحال شد

بوی نسترن اتاقش را پر کرده بود .

رفته رفته به حالت قبل بازگشتند و گوهر دوباره بفکر سفر افتاد جاهایی را می یافت که برای آدم های فلج امکانات بسیار خوبی داشتند . اما انگار آرمین دوست داشت جای خلوتی بروند و دور از چشم دیگران با هم تنها باشند .

***

چند روز بعد گوهر به آرمین گفت:

" یادته قبلا هم گفتم که دوستانت میخوان به دیدنت بیان ..یکی از آنها قراره امروز بیاید چون دلش خیلی برای تو تنگ شده "

آرمین پرسید : "کیه ؟"

گوهر جواب داد :" شهاب "

آرمین خیلی خوشحال شد . او از زمانهای خیلی قدیم با شهاب دوست بود و دیدن او حالش را بهتر میکرد .

عصر شهاب با یک دسته گل به دیدن او آمد . گوهر سعی کرد که آنها را تنها بگذارد که از حرفهای و خاطرات قدیمی مشترک شان با هم حرف بزنند و خودش را در آشپزخانه سرگرم تدارک وسایل پذیرایی از شهاب نمود .

و با یک سینی چای و مقداری شیرینی و میوه به اتاق بازگشت و آنرا روبروی شهاب گذاشت . شهاب تشکر کرد و به آرمین گفت

"چه پرستار خوبی داری "

آرمین جواب داد :" او پرستار من نیست همه چیز من است ، دوستم ، همدمم هر چه نامش را بگذاری ."

شهاب احساس کرد که آرمین حالش خیلی بهتر است و این بجز عشق این دختر خوشگل چیز دیگری نمیتواند باشد . پس از مدتی خدا حافظی کرد و آنها را ترک نمود ولی قول داد که دوباره به دیدن آنها خواهد آمد .

پس از رفتن شهاب گوهر کنار آرمین نشست و از برنامه هایی که برای تعطیلات پیدا کرده بود برایش گفت . باید به جای نزدیکی میرفتند که بتوانند با اتومبیل بروند و به بیمارستان هم نزدیک

باشند . گوهر سن حوزه را پیشنهاد میکرد که جاهای تفریح بسیاری داشت که میتوانست براحتی آرمین را با صندلی چرخدار بچرناند و احتیاجی به کمک کسی نداشته باشد . مخصوصا که مکان های تاریخی داشت که گوهر دلش میخواست آنها را ببیند . اما آرمین نگران بود . او دوست نداشت که در میان مردم باشد . او دلش

میخواست در گوشه ای دنجی باشد و سرش را در آغوش گوهر

بگذارد و از وجود او لذت ببرد . پس از اینکه گوهر تمام برنامه

هایش را گفت آرمین سری جنباند و گفت:

"اما من دلم میخواد که به یک گوشه دنج برویم ..من باشم تو و

عشق مان نمیخوام با مردم باشم میخواهم از هر لحظه بودن با تو

لذت ببرم تو مخالفی ؟"

گوهر لبخندی زد و گفت :

"عزیزم من میخواهم ترا از محیط خانه و بیمارستان جدا کنم حالا

هر جا که تو خوش باشی برای من بهشت است ."

آرمین گفت :" من دلم میخواد به کلبه ای کوچک چوبی در میان

جنگل بریم که صدای پرندگان و بع بع گوسفند ها شاهد عشق ما

باشند ، نه کسی بیاید و نه کسی برود ."

گوهر با اشتیاق پرسید : "چنین بهشتی را از کجا بیابیم ؟"

آرمین لبخندی زد و گفت : :

"من چنین کلبه ای را در میان جنگل دارم . فقط ۴۵ دقیقه از
اینجا دور است و همه وسایل استراحت هم دارد موافقی به آنجا
برویم ؟

گوهر با تعجب گونه او را بوسید و گفت :

" من فکر میکردم همه چیز را در مورد تو میدانم چرا قبلا نگفتی؟
این بهترین جاست !! منو تو و عشقمان ..دور از چشم همه و
جنگل و حیوانات اهلی دیگر از خدا چه میخواهم ؟"

***

صبح روز بعد به بقیه اهل خانه گفتند که میخواهند به کلبه
بروند خانم دکتر خیلی می ترسید که اگر اتفاقی برای آرمین
بیافتد او را چگونه به بیمارستان خواهد رساند .اما گوهر او را
قانع کرد که چیزی که او را خوشحال کند به سلامتی او کمک
میکند . یک روز به دلخواه او برایش بیشتر لذت دارد تا هزار روز
در گوشه اتاق .

بالاخره خانم دکتر اجازه این سفر سه روزه را داد ولی بشرط اینکه

مرتب او را در جریان بگذارند و اگر اتفاقی افتاد فورا او را به نزدیکترین بیمارستان ببرد .

گوهر در تدارک سفر در آمد ..وسایلی که باید باخودش بر میداشت چه خوراگی هایی میتوانست ببرد . و بقیه چیزها که باید قبل از رفتن انجام میداد . ابتدا دکتر کینگ آرمین را معاینه کامل کرد که آیا او آماده رفتن به سفر هست یانه و وقتی که او این اجازه را داد . گوهر از خوشحالی میخواست پرواز کند .این بهترین سفری بود که آنها میتوانستند بروند . به خانواده اش خبر داد سوگل می ترسید که اگر اتفاقی برای آرمین بیافتد جواب خانواده او را چه خواهد داد . اما او با عشقی که به آرمین داشت و مادرش با تمام وجود آنرا درک میکرد به آنها اطمینان داد که چیزی پیش نخواهد آمد و بسلامتی باز خواهند گشت .

قرار بود که فردا بروند .گوهر ساک کوچکی را برای آرمین در نظر گرفت ؛ لباس های گرم ، لباس زیر و هر چیز که او ممکن بود احتیاج داشته باشد . و در یک جعبه همه داروهای او را چید و یک ساک هم برای خودش آماده کرد وسه دست لباس با حوله

و شامپو و سشوار . صبح روز بعد پس از صبحانه با همه خدا
حافظی کردند . خانم دکتر او را در آغوش گرفت و گفت :

"عزیزم مطمئن هستم که به خوبی از او پرستاری خواهی کرد ، من
به تو اعتماد دارم اما خواهش میکنم که مرا در جریان هر ساعت
قرار بدهی و برایم عکس بفرست ."

گوهر قول داد و بطرف خانه خودشان راند ..پدر و مادر و صدف
دم در منتظر آنها بودند چون نمیخواستند که گوهر آرمین را تنها
در ماشین بگذارد . از دیدن آرمین خیلی ابراز خوشحالی کرده و
برایشان آرزوی سفر خوبی کردند . گوهر همه آنها را بوسید و تا
جائیکه دیده می شدند برایشان دست تکان میداد .

پدر و مادر گوهر زیاد خوشحال نبودند این همه نزدیکی بین آرمین
و گوهر ممکن بود که به نفع گوهر نباشد و گوهر شکست بزرگی
در زندگی بخورد . مخصوصا که میدانستند که زندگی آرمین در
سراشیبی افتاده و شاید روز شمار بشود ، آنوقت با غم بزرگ
گوهر چه کنند .

فصل دوم

گوهر با دنیایی از عشق در جاده جنگلی میراند ، او هرگز به این طرف سانفرانسیسکو نرفته بود ، جاده پر بود از گلهای وحشی ، درختهای جنگلی وآسمان آبی به آنها لبخند میزد ند. این شاد ترین لحظات عمر گوهر بود . از آیینه به آرمین نگاه میکرد که چه آرام دارد از این همه زیبایی لذت می برد ..کاش زودتر به این سفر آمده بودند ، هر چقدر به کلبه نزدیک می شدند می شد او بیشتر شیفته طبیعت زیبای جنگل می شد.ناگهان آهوی زیبایی پرید وسط جاده گوهر کمی ترسید اما بعد آنقدر از دیدن آهو ها و خرگوش ها لذت میبرد که حد نداشت .

آن روز هوا خیلی خوب بود ، اوایل بهار بود و کم کم زمستان بارش را می بست و میرفت با تمام تلخی ها و شیرینی هایش،. بهار با نمایشی دیگر وارد می شد .گوهر تمام وجودش نبض شده

بود .اما تلاش میکرد که نشان ندهد، آرمین که برای اولین بار بعد از مدتها طولانی به مسافرت میرفت ، خیلی هیجان داشت و حالش خیلی خوب بود . هر دو آنها با دنیایی از عشق در جاده سرسبز و افسون کننده حرکت میکردند .

گوهر گاه گاهی او را از داخل آیینه می دید که چه لذتی در صورت و نگاهش است.

مزارع سر سبز و باغهای غرق در شکوفه ها صورتی و سفید را پشت سر میگذاشتند . کم کم لایه های نازکی از ابر باران زا آسمان را بسرعت پوشانید. طولی نکشید که باران آرامی شروع به باریدن کرد . آرمین گفت :

"عزیزم ایکاش چیز دیگری از خدا میخواستی این هم باران ."

گوهر نفس عمیقی کشید و هوای لطیف و قطره های باران از پنجره وارد اتوموبیل شد .

کلبه جنگلی در محوطه ای کوچکی واقع شده بود . محصور با

پرچین های چوبی . در پشت کلبه درختان جنگلی بلند و تنومندی خود نمایی میکردند . در اطراف کلبه علف های طبیعی و گلهای وحشی روئیده بودند ، و خیلی زیباتر از آنچه که گوهر فکر میکرد بود.

بالاخره به کلبه رسیدند . یک کلبه کوچک جنگلی . گوهر ابتدا خودش پیاده شد ، در کلبه را گشود و وسایل را بداخل برد . نگاهی به دور بر کرد ،روی دیوار دو قاب عکس بود ، یک کاناپه که با پارچه تمیزی پوشانده شده بود هم در اتاق نشیمن وجود داشت یک میز کوچک و دو تا صندلی ، شومینه قشنگ و کوچکی هم در ضلع جنوبی کلبه بود. بعد به اتاق خواب رفت یک تخت چوبی در گوشه آن بود ، پردهای متناسب با آن کلبه جنگلی و بسیار زیبا پنجره های چوبی را پوشانده بودند ، پنجره ها رو به جنگل بودند ، آنها را باز کرد تا هوای کلبه عوض شود بعد بدنبال آرمین رفت و او را با احتیاط پیاده کرد و بداخل کلبه آورد . چه جای شاعرانه ای ،ای کاش او شاعر بود و میتوانست یک کتاب شعر در آنجا بسراید. بعد از اینکه آرمین را جا بجا کرد . بسراغ وسایل

رفت . اول دواهای بعد از ظهر او را داد و بعد غذاهایی را که آورده بود در یخچال چید . آرمین لبخندی زد و گفت :

"عزیز دلم اول پریز یخچال را به برق بزن ."

گوهر خندید و گفت :

"اگه نمیگفتی همه غذاهامون خراب می شد . "

بعد به کنار شومینه ای که در کنار اتاق نشیمن بود رفت مقداری چوب در کنارش بود ، تا بحال بخاری چوبی روشن نکرده بود آرمین راهنمای اش کرد که چوب ها را چطور بچیند که بین شان هوا باشد و بعد رویشان کمی نفت برزید و آنرا روشن کند . شومینه پس از چند دقیقه روشن شد و صدای سوختن چوب ها فضای آنجا را بیشتر شاعرانه کرده بود . گوهر به آشپزخانه کوچک کلبه رفت فقط دو تا قفسه آنجا بود . کتری را پر از آب کرد و روی اجاق گذاشت تا یک چایی خوش مزه برای خودشان درست کند ،چقدر از اینکه آنها تنها و آزاد بودند لذت می برد مثل اینکه از قفس رها شده باشد .نهاری که آورده بود گرم کرد و دوتایی باهم

این غذا را با چاشنی عشقشان خوردند.

بعد از ظهر آفتاب زیبایی از لابلای درختها به درون اتاقک چوبی می تابیانید . گوهر یک صندلی برای خودش به پشت کلبه برد و بعد از آرمین خواست تا صندلیش را به آن طرف حرکت دهد. و در کنار این طبیعت زیبا و تنهایی که لازم نبود با هیچکس آنرا

شریک شوندنشستند ، گوهر سرش را به شانه آرمین تکیه داده بود یک دستش را در دست های مردانه آرمین گذاشته بود و با دستش دیگرش صورت او را نوازش میداد . دیگر از اینکه کسی ناگهان در اتاق را بگشاید و نفس عاشقانه آنها را ببرد نداشت . او بود و آرمین و این همه زیبایی .

پس از مدتی که احساس کرد هوا دارد سرد میشود آرمین را به داخل کلبه آورد . بعد کنارش نشست و گفت :

" به مادر قول داده ام که برایش عکس بگیرم ."

سپس دوربینش را در دست گرفت و عکس های زیادی از آرمین گرفت و سپس از آرمین خواست تا از او عکس بگیرد ، تا خاطره

های ای سفر جادوئی را ماندگار کند. و خانواده هایشان بدانند که چقدر در این صفر خوش بودند.

شامی که آورده بود با عشق خوردند و او وسایل حمام آرمین را آورد و حمام او را انجام داد و پس از خوراندن دواهای شبش و گرفتن میزان حرارت بدنش که مطمئن شود که او تب ندارد . او را کمک کرد روی تخت خواباند و خودش بعد از اینکه لباس خواب

قشنگی پوشید و کنارآرمین دراز کشید .این اولین باری بود که در روی تخت و کنار آرمین دراز میکشید، چقدر آرزوی این را داشت که سرش را بر سینه آرمین بگذارد و با او راز و نیاز عاشقانه کند .

آرمین مست این دقایق بود ، یعنی گوهر آنقدر او را دوست دارد که چنین عاشقانه در آغوش او بخوابد . با دستی که کمی حرکت داشت موهای گوهر را نوازش کرد و گفت :

"ممنونم که منو به بزرگترین آرزویم رساندی !"

گوهر با لبخندی گفت :

" بزرگترین آرزویت آمدن به این کلبه بود ؟"

آرمین موهای زیبای او را نوازش کرد و گفت :

"آرزویم این بود که شبی تا صبح سرت را در آغوش بگیرم و ترا نوازش کنم و در کنار تو بخوابم و احساس کنم که تو در کنار من نفس میکشی "

گوهر ناگهان سرش را بلند کرد و در چشمهای آرمین خیره شد و گفت :

"اگر اینقدر این را دوست داری چرا از من نمیخواهی که همه عمرم در کنارت باشم؟"

آرمین آهی کشید و گفت :

"آرزویم این است اما نمیخواهم ترا به رابطه عمیق تری ببرم که شاید آینده ای نداشته باشد !"

اشکی چشمان گوهر را پوشانید و گفت :

"من هر روزی از زندگیم را که در کنار تو وبا تو بگذرانم از عمرم

حساب نمیکم چون دیوانه وار دوستت دارم . تو تنها مردی هستی که من تا بحال چنین حسی را به او داشته ام ."

آرمین غلتی زد و گوهر را در آغوش گرفت و لبهای او را بوسید.

***

صبح گوهر با چیک چیک پرندگان و صدای بع بع گوسفندان بیدار شد وای که چه احساس قشنگی داشت انگار به هزار سال پیش تاریخ برگشته درکلبه ای دور از همه و این همه زیبایی باورش نمی شد که اولین تجربه عشق بازی با آرمین را داشته ، هنوز هم غرق شادی و لذت دیشب بود. آهسته از کنار آرمین برخاست تا او را بیدار نکند.

قبل از اینکه آرمین بیدار شود برای درست کردن صبحانه به آشپزخانه رفت و از پنجره کوچک آنجا به بیرون چشم دوخته بود چه منظره زیبا و با شکوهی می دید ، در دل آرزو کرد که تا ابد اینجا بمانند و او چنین عاشقانه تا صبح در آغوش آرمین بخوابد. آرمین آنشب بهترین شب زندگیش را در آغوش گوهر بسر بوده بود

و انگار دلش نمیخواست که بیدار شود که نکند اتفاقی که دیشب افتاد فقط یک رویایی بوده و او خواب میدیده که در آغوش گوهر بسر برده . گوهر با صدای او از آشپزخانه بیرون آمد و او را بوسید و پرسید :

"عزیزم چطور خوابیدی ؟"

آرمین دستش را گرفت و گفت : "در بهشت !! زیباترین شب زندگیم را گذراندم "

بعد از خوردن صبحانه گوهر او را روی صندلی گذاشت و برای دیدن آن طبیعت زیبا به خارج از کلبه برد . آرمین باور نمیکرد که خدا آنقدر با او مهربان شده که چنین فرشته ای را برایش فرستاده باشد . بالاخره سه روز سفر تمام شد و فردا باید باز میکشتند . شب گوهر شومینه را روشن کرد و زیلویی که کف اتاق بود به کنار بخاری برد ، بعد صندلی آرمین را به آن طرف کشاند . روی زمین نشست و سرش را به روی زانوی آرمین گذاشت . آرمین موهای قشنگ او را نوازش میکرد و در دلش آرزو میکرد که ای کاش این

سفر پایانی نمیداشت و او هرگز مجبور نبود که از گوهر جدا شود
گوهر از کتاب شعر سهراب سپهری که همراهش آورده بود قطعه
های عاشقانه میخواند و آنشب را برای آرمین بیشتر رویایی میکرد

***

روز بعد باید بازمیگشتند ، هر چند که هیچکدام راضی به
این بازگشت نبودند ، اما چاره ای نداشتند . گوهر همه وسایل را
در اتومبیل گذاشت و در آخر آرمین را بداخل ماشین برد و در ها
را بست و رویاهای قشنگش را پشت آن در به امانت گذاشت و
بطرف شهر راند .

ساعتی بعد به خانه رسیدند . شیده در را بروی آنها گشود و با
صدای بلند گفت : "خانم آقا آمدند "

مادر که خانه را بسیار زیبا آراسته و با گل و شمع زیبایی دل
چسبی به خانه داده بود به استقبال آنها آمد و وقتی آن همه نور
امید و عشق را در چشمان آرمین دید او را بغل زد و رویش را
بوسید و سپس گوهر را بغل کرد و گفت :

"دخترم نمیدونم چطور از تو برای این همه محبت تشکر کنم تو به او زندگی میدهی ."

گوهر تشکر کرد و آرمین را بطرف اتاقش برد و سعی کرد با کمک شیده او را روی تختش بخواباند چون واقعا خسته بود .

بعد برای درست کردن آب میوه و کمی خوراکی به آشپزخانه رفت آنشب خیلی زود شام خوردند و گوهر به اتاق خودش رفت تا آرمین بتواند به راحتی در مورد تصمیمی که گرفته بودندبا مادرش صحبت کند.

خانم دکتر فهمید که آرمین میخواهد در مورد چیزی با او صحبت کند . یک صندلی آورد و کنار او نشست و دستش را در دست گرفت تا او در کمال آرامش حرفش را بزند .

آرمین کمی به مادرش نگاه کرد و شروع به صحبت کرد :

"مادر میدانی که گوهر در این یک سال و نیمی که با ما بوده بخوبی ثابت کرده که جز عشق و محبت نسبت به من احساس دیگری ندارد ..مگر چقدر از زندگیم باقیست ؟ دلم میخواهد که

در کنار او باشم با او خانواده تشکیل دهم . از رفتن او به اتاق دیگر خسته شدم ، دلم میخواد سرم را در آغوش او بگذارم ."

خانم دکتر در این مدت فهمیده بود که آرمین به گوهر احساسی دارد ولی آیا گوهر بجز محبت یک پرستار احساس دیگری به او دارد ؟ نکند آرمین ترحم را با عشق اشتباه گرفته باشد .

اما آرمین میگفت او هم همان قدر مرا دوست دارد که من او را دوست دارم و میخواهم با او ازدواج کنم .

خانم دکتر می ترسید که پسرش یک شکست دیگر بخورد . اما آرمین به او اطمینان میداد که او خوشبخت ترین مرد روی زمین خواهد شد اگر با گوهر ازدواج کند.

بالاخره پس از گفتگوی فراوان خانم دکتر قبول کرد و برای آرمین آرزوی خوشبختی نمود.

**

خانم سمندریان جریان این ازدواج را برای دخترش هما

گفت . او بشدت ناراحت شد ، میگفت ازدواج در شرایط کنونی

آرمین امکان ندارد این فقط یک دردسر بزرگ خواهد شد . بعد

از مادرش پرسید:

" حتما گوهر از ثروت بی حسابی که از پدر به آرمین ارث رسیده

با خبر شده ومیخواد مثل عقاب خودش را روی آن بیندازد . "

اما مادرش مطمئن بود که گوهر از چنین ثروتی خبر ندارد .

هما گفت که برای آخر هفته به سانفرانسیسکو خواهد آمد و با

آرمین صحبت خواهد کرد . روزهای سختی بود خانواده باید

تصمیم بزرگی را میگرفتند ولی گوهر دخالتی نمیکرد و مثل سابق

کارهایش را انجام میداد . او منتظر بود که جنگ خانواده آرمین

تمام شود و سپس او به خانواده خودش خبر دهد . اما پشتش به

عشقی که بین آنها بود و به آن اعتماد داشت گرم بود که همه چیز

خوب خواهد شد .

***

دو روز بعد هما آمد و سلام علیکی معمولی با گوهر کرد و مستقیم به اتاق آرمین رفت . او مطمئن بود که گوهر دام برای ثروت برادرش گسترده است . گوهر به دنبال او نرفت و اجازه داد که خواهر و برادر با هم و به تنهایی صحبت کنند .

هما مدتها با آرمین جدال کرد ولی نمیتوانست او را قانع کند . هما میگفت چطور دختری به این زیبایی و جوانی میخواهد عمری را به پای یک مرد فلج بگذراند و فریاد زد :

"این فقط بخاطر ثروت تو است! کدام زن با یک مرد فلج زندگی خواهد کرد؟"

و ناگهان ادامه داد:

"مگر تو چقدر دیگر زنده هستی ؟"

اشکی چشمان آرمین را پوشانید و فریاد زد :

"گوهر به من زندگی بخشیده ! در سایه احساس او من دوباره بدنیا

آمدم ، ورزش میکنم ، سعی میکنم که خودم را نبازم و بتوانم برای او شوهر خوبی باشم. آن وفت تو، خواهر من ، از مردن من حرف میزنی ؟"

هما پرسید :"تا بحال چقدر برای او هدیه خریده ای ؟ "

این سوال احمقانه برای این بود که بداند تا به کجا گوهر میداند که او ثروتمند است

آرمین جواب داد :

"من اصلا برای او هدیه نگرفته ام ولی او هفته ای دو سه بار برای من گل می آورد ، حتی کتابهایی که دوست دارم برایم میخرد ."

اما هما مرتب تکرار میکرد که تو بزودی می میری و گوهر سر ارث و میراث با ما خواهد جنگید .

آرمین از اینهمه بی مهری خواهرش داشت دیوانه می شد وفریاد زد :

"از اتاق من برو بیرون نمیخوام دیگه صداتو بشنوم و صورت

ترو ببینم "

هما اتاق را ترک کرد ولی خانم دکتر بسویش آمد او را بغل کرد و بوسید و سعی کرد آرامش کند . او در مدتی که گوهر برای آنها کار کرده بود بخوبی فهمیده بود که او نسبت به آرمین چه احساسی دارد و چقدر این احساس زندگی آرمین را عوض کرده ..حالا که گوهر راضی است با چنین مردی ازدواج کند او چرا مخالفت نماید و به او گفت :

"عزیزم غصه نخور من پشت عشقت ایستاده ام ،و موافقتم را اعلام

میکنم . من و دکتر ها میدانیم که او برای تو چه زحمتی کشیده و میکشد او به تو یک زندگی دوباره داده من هم او را دوست دارم . اما از همه این حرفها گذشته تو فکر میکنی که خانواده او به این ازدواج رضایت بدهند؟"

آرمین گفت :

" مادر شما نمی بینید که او با چه جان فشانی از من مراقبت

میکند ، اگر بخاطر او نبود من اینقدر به خودم زحمت میدادم که دوباره به زندگی باز کردم ؟ همه اینها بخاطر کرامت اوست . شما عوض اینکه از او حمایت کنید میخواهید با او بجنگید!!!"

آرمین ناگهان فریاد زد :

" گوهر کجایی بیا و مرا از دست اینها نجات بده"

گوهر با عجله خودش را به او رساند ، آرمین از شدت عصبانیت تنش یخ کرده بود ، روی پیشانی اش عرق سرد نشسته بود . گوهر بسویش رفت و دستهای او را در دست گرفت . آرمین میلرزید . گوهر سعی میکرد او را آرام کند ، عرق پیشانی او را پاک کرد و

پرسید :

"عزیزم کاری میتوانم برایت انجام دهم ؟"

آرمین با خستگی و ناله کنان گفت :

"گوهر جان مرا به اتاقم ببر برایم پتوی اضافه بیار دارم از سرما می لرزم "

گوهر دستهایش را میمالید تا گرم شود ، بعد او را با صندلی به
اتاق خودش برد و روی تخت قرار داد و یک پتوی دیگر به روی
او کشید و بعد رفت تا دواهای شبش را بیاورد و قبل از اینکه
بخواب عمیق برود به او بدهد . بعد کنارش نشست و دستهای او
را نوازش کرد تا آرمین خوابش برد، بعد بلند شد و به اتاق خودش
رفت .

صبح وقتی بیدار شد به اتاق آرمین رفت ..آرمین بیدار شده بود
و از دیدن گوهر خیلی خوشحال شد . گوهر بوسه ای بر گونه اش
زد و گفت من میرم صبحانه را آماده کنم تا آقای متین سرویس
صبحگاهی ترا انجام دهد . پس از رفتن گوهر آرمین با خودش

میگفت:

معیار ازدواج برای خانواده من چیست؟ چرا باید با کسی ازدواج
کنم که هم طراز خانواده من باشد ، من عاشق گوهر هستم و از هر
نفسی که در کنار او میکشم لذت میبرم به آنها چه که من فلجم
مگر همه زنانی که با یک آدم سالم ازدواج میکنند خوشبخت

میشوند ؟ من چون نمیتوانم راه بروم استحقاق خوشبختی در کنار دختری که دوستش دارم را نباید داشته باشم ؟ باید در این مورد به دیگران جواب دهم ؟ چرا باید خودم را جای آنها بگذارم ؟ چرا آنها خودشان را در شرایط غمگین و نا امید من حس نمیکنند که گوهر ناگهان مثل یک خورشید در زندگی تاریک من درخشیده و همه امید های دنیا را برای بازگشت به زندگی به من داده است.

***

خانم دکتروقتی به خانه بازگشت ، فکر کرد بعد از جنجالی که دیشب هما درست کرد باید این ناراحتی را از دل آرمین در بیاورد او مادر بود و لحظه به لحظه شاهد پیشروی آرمین بود و مطمئن بود که این پیشرفت را مدیون عشق گوهر می باشد ، شاید اگر گوهر به زندگی آرمین نیامده بود او حالا خیلی به مرگ نزدیک تر بود . اینها همه در اثر عشق و ایثار گوهر است که آرمین به این فکر افتاده که ازدواج کند ، به آینده امیدوار شود و برای روز مرگش روز شماری نکند !!

به اتاق آرمین رفت ..آرمین هنوز از جنگ و جدال دیشب حالش گرفته شده بود مادرش گفت:

"پسرم میدانم که دکتر ها خیلی برای تو زحمت می کشند.."

ولی آرمین حرفش را قطع کرد و گفت :

"این زحمت را قبلا هم دکتر ها میکشیدند ولی آنچه مرا تشویق به زنده ماندن میکند عشق گوهر است .. او هر روز صبح با بودنش نوید این را به من میدهد که من هنوز زنده هستم و میتوانم زنده بمانم ."

خانم دکتر خودش همه ی این حرفها را قبول داشت و میدانست گوهر ، مثل یک گوهر درخشان به زندگی آرمین پا گذاشته و باعث شفا و پیشرفت او شده ..گفت :

"عزیزم این حرفها الان در خانواده ما مطرح است ، و ما قبول داریم که تو عاشق گوهر شدی و در کنار او خوشبخت خواهی شد اما مساله دیگری هم در میان است !!تو فکر میکنی که خانواده

گوهر هم از این عشق پشتیبانی کنند ؟ شاید آنها آینده بهتری برای دخترشان بخواهند ؟آیا خود گوهر رضایت دارد و میداند که تو عاشق او هستی ؟"

آرمین سرش را تکان داد و گفت :

" مادر از روش او پیداست که به من ترحم نمیکند ، آنچه برای من انجام میدهد با عشق است ."

مادرش گفت:

" اگر چنین باشد باید یک وقت بگیریم و به خانه آنها برای خواستگاری برویم .. این یک رسم و سنت ایرانی است . پس خودت با گوهر صحبت کن تا یک قرار برای اینکار بگذاریم "

خانم دکتر از اتاق خارج شد گوهر با یک ظرف توت فرنگی که خیلی قشنگ تزئین کرده بود وارد شد و توت ها را روبروی آرمین گذاشت و گفت :

"من نمیدونم هما چرا اینقدر با ازدواج ما مخالف است ؟ من که

همیشه به او احترام گذاشته ام ؟"

آرمین نگاهی با عشق به او کرد و گفت :

" عزیزم این با من که او را راضی کنم ."

در این موقع هما وارد اتاق شد و گوهر به بهانه ای اتاق را ترک کرد ، نمیخواست شاهد دعوای خواهر و برادر باشد

آرمین گفت : "هما جان امروز بهتری ؟"

هما جواب داد :

"تا این افکار در مغز تو باشد من آرام ندارم ، آخه این دختر کیست ؟ از چه خانواده ای هست ؟ آنها اصلا به ما میخورند ؟"

آرمین یک آبرویش را بالا انداخت و گفت :

"خیلی خود پسند باید باشیم ؟ من چه هستم ، یک مرد فلج که دماغ خودم را نمیتوانم تمیز کنم ، اگر کسی در کنارم نباشد! بزودی می میرم ! تو چرا این فکر را نمیکنی ؟ اگر من سالم بودم شاید حرف تو درست بود ولی الان این اوست که دارد از خود و

آرزوهایش میگذرد و خودش را با من در این اتاق زندانی میکند ؟
تو حاضری با مردی مثل من ازدواج کنی ؟"

هما به حرفهای او فکر میکرد ، شاید حق با آرمین بود .. گوهر از
خود گذشتگی میکرد ، پرسید:

"خانواده او چطور هستند ، اصلا آنها را دیده ای ؟"

آرمین جواب داد : "یک خانواده شریف ..که با عرق جبین زندگی
میکنند ، پدرش کارمند یک شرکت است و خانواده بسیار محترم
و خوبی هستند ."

آرمین گفت : خواهرم این شعر مولانا را شنیدی که میگه :

سالها تو سنگ بودی و دلخراش

آزمون کن یک زمانی خاک باش

در بهاران کی شود سرسبز سنگ

خاک شو تا گل بر آید رنگ رنگ

هما در حالی که چشمهایش را پرده اشکی پوشانید بسوی آرمین آمد و او را بغل زد و بوسید و گفت:

" هر چه که تو بخواهی عزیزم "

و با شرم اتاق را ترک کرد که داشت با این بی انصافی درمورد زندگی کوتاه برادرش شرط و شروط میگذاشت .

***

آن روز هوا گرفته و باد شدیدی می آمد ، گوهر میخواست به خانه خودشان برود و این موضوع را با آنها در میان بگذارد . مطمئن بود که کار آسانی نخواهد بود و در آنجا هم با مخالفت روبرو خواهد شد . یک چمدان کوچک برداشت و وسایل کمی در آن گذاشت تا برود. آرمین با نگرانی به او نگاه میکرد . اگر خانواده او مخالفت کنند چه می شود ؟

آرمین با نگرانی گفت :

" زود برگرد عزیزم "

گوهر رویش را بوسید و گفت :"فردا باز خواهم گشت "

بسوی خانه خودشان رفت . نمیدانست که چگونه این خبر را به آنها بدهد .

پدر و مادرش از دیدن او خیلی خوشحال شدند و از سفر سه روزه اش پرسیدند و او گفت که خیلی خوش گذشت و از کلبه برایشان گفت و بالاخره اضافه کرد:

" خبر مهمی برایتان دارم میخوام با آرمین ازدواج کنم !"

رنگ پدرش پرید و برای اینکه نیفتد دستش را به صندلی گرفت و با لحن غمگینی گفت:

"دخترم این مساله بسیار مهمی است !! تو چطور میخواهی عمرت را به پای یک مرد فلج بریزی ؟ این کار بسیار بزرگی است "

گوهر جواب داد:

"بابا میدونم که نگران آینده من هستی ولی باور کنید که با او خوشبخت خواهم شد"

پدرش با نگرانی گفت :

"عزیزم برای او تو بزرگترین شانس زندگی ش هستی ، اما تو میدانی که به چه کار خطرناکی میخوای دست بزنی ، شاید چون به او احساس ترحم میکنی چنین تصمیمی گرفتی ؟"

گوهر کنار پدرش نشست و دست او را در دست گرفت . او پدرش را خیلی دوست داشت و همیشه دلش میخواست که به او بیشتر از این نزدیک باشد .

" پدر جان این ترحم نیست ، وقتی که من کارم را در خانه آنها شروع کردم او یک انسان مریض و نا امید بود که دلش نمیخواست هیچ کاری بکند و انتظار مرگش را می کشید اما حالا او به زندگی امیدوار شده ! چشم به آینده دوخته، روز به روز داره بهتر میشه ، اینها همه از لطف عشق به من است ."

پدرش با ناراحتی گفت :

"خوب معلوم است که برای او چنین شانسی خداوند از آسمان

فرستاده ولی برای تو چی ؟ آیا میدانی زندگی با یک مرد فلج که معلوم نیست چقدر زنده باشه یعنی چی؟"

گوهر با مهربانی گفت:

" بابا جان میدونم که نگران آینده من هستید اما من هم در کنار او احساس عشق و امنیت میکنم و دوستش دارم ، من به مرگ او فکر نمیکنم به ساعت و روزهایی که میتوانم با او خوشبخت باشم می اندیشم."

پدرش با نگرانی گفت :

"آخه عزیزم خوب میدانی که او زیاد زنده نخواهد ماند آنوقت آینده تو چه خواهد شد ؟"

گوهر لبخندی زد و گفت :

" بابا جان زندگی و مرگ دست خداست ، کسی چه میداند اگر من زن یک آدم سالم که راه میرود بشوم ، اولا اینقدر خوشبخت شوم و دوم اینکه از کجا معلوم او هم زود نمیرد . من در کنار

آرمین خوشبخت هستم و میخواهم حتی برای مدت کوتاهی که شده طعم خوشبختی در کنار مردی که دوستم دارد و دوستش دارم بچشم !! همین برایم کافیست."

مادرش میگفت :

"عزیزم برای هیچ کس قابل قبول نیست که دختری به زیبایی و جوانی تو خودش را وقف یک آدم فلج کند . این فقط احساس ترحم است که تو نسبت به او داری !! بعدا پشیمان خواهی شد ! برای چه میخواهی زندگی خودت را نابود کنی ؟"

گوهر با چشمانی پر شده از اشک به مادرش نگاه کرد :

"مامان من با او خوشبختم حتی اگر برای مدتی کوتاه باشد . او در این مدت خیلی پیشرفت کرده شاید خدا بخواهد و او مدت

طولانی عمر کند . مامان طول زندگی مهم نیست ، عرض زندگی مهمه !! هرقدر در مدت زندگی باهم به ما خوش بگذرد و احساس خوشبختی کنیم برای من کافیست"

مادرش ادامه داد :

" عزیزم این حرفها برای توی قصه ها و فیلم ها خوبه ، تو بزودی از زندگی کردن در کنار یک مرد فلج خسته خواهی شد !! تو مستحق زندگی بهتر از این هستی "

گوهر میدانست که کار بسیار سختی در پیش دارد اما باید رضایت آنها را میگرفت .

" شما ها بهتر میدانید که هیچ اتفاقی بی دلیل نیست ..و همیشه حکمتی در پشت آن است که ما الان از آن بی خبریم "

سوگل گریه اش گرفته بود ، کاش هیچوقت نمیگذاشت که گوهر بخاطر خرج زندگی آنها وارد این داستان شود :

" عزیز دل من برای هیچ کس قابل قبول نیست که دختری به

جوانی و زیبایی تو خودش را وقف یک مرد فلج کند !! تو حیفی !! تو دختر زیبایی هستی !! از اول معلوم بود که او عاشق تو میشود ، هر مردی که چهره زیبای تراهر روز ببیند..عاشق تو

میشود اما برای تو شانس های خیلی بهتری وجود دارد !خودت را درگیر زندگی با یک مریض در حال مرگ نکن:"

پدرش گفت :

"عزیزم تو برای او بهترین شانس زندگی هستی ! اما او برای تو بدترین انتخاب است ! تو زیباترین دختر دنیایی ، تو میتوانی زندگی خوبی داشته باشی چرا میخوای خودت و آینده ات را فدای یک مرد فلج کنی ؟"

گوهر جواب داد :" بابا جون او دارد در تنهایی اتاقش می پوسد من با تمام وجودم او را دوست دارم !! این ترحم نیست عشق است !! اگر شما هم او را بشناسید میفهمید که چه روح والائی دارد من مرید عقاید خوب او شدم این منم که خوشبخت میشوم که با مردی که اینقدر فهمیده است زندگی کنم."

همگی به هم نگاه کردند ، گوهر تصمیم خودش را گرفته بود و فقط از روی احترام با آنها مشورت میکرد . چشمان همه آنها پر از اشک بود ، سوگل و علی خوب فهمیدند که دیگر کاری از

دستشان بر نمی آید و فقط باید موافقت کنند .

سوگل اشکهایش را پاک کرد و گفت:

"برای تو خیلی آرزوها داشتم ، دلم میخواست که زندگی خوبی داشته باشی اما چه کنم این تصمیمی است که خودت گرفتی امیدوارم پشیمان نشوی ؟"

گوهر روی مادرش را بوسید و گفت :

"ازت ممنونم مامان ، نمیدونی چقدر عقاید ما بهم شبیه است ؟ چقدر با هم تفاهم داریم ، او مرد ایده آل من است!"

مادر جواب داد : "همیشه آرزوی این را داشتم که تو خوشبخت بشی ، مخصوصا بخاطر فداکاری هایی که برای ما کردی"

گوهر بلند شد و سوگل را در آغوش گرفت و گفت :

"مادر سرنوشت من و آرمین را در کنار هم قرار داده و مطمئنا خوشبخت خواهیم شد .

و اشکهایش بروی صورتش غلتید و گفت :

"من یک آرزو دارم که شما همیشه مثل یک درخت پر بار سایه تان بر سر من باشد و همیشه در کنارم باشین ."

پدرش که خیلی احساساتی شده بود بلند شد و او را در آغوش کشید و گفت :

"عزیزم تا وقتی که تو بخوای و ما زنده باشیم این سایه بر سر تو خواهد بود و ما بتو افتخار میکنیم ، که چنین دختر فهمیده ای داریم که میخواهد برای اینکه یک نفر فلج به زندگیش ادامه دهد و احساس خوشبختی کند بقیه عمرش را کنار او بگذراند ."

اما سوگل گفت :

"با اینکه این ازدواج برای هیچکس قابل قبول نیست ، اما من میدانم که تو اشتباه نمیکنی ، حتما همه ی راه ها را رفته ای و تصمیم درست را گرفته ای ، تو با این سن کم به آگاهی بزرگی رسیدی و من جز موافقت کار دیگری نمیتونم بکنم"

گوهر خیلی خوشحال شد بالاخره توانسته بود رضایت پدر و

مادرش را بگیرید ، خودش هم میدانست که کار بزرگی دارد
میکند و مشکلات زیادی بر سر راهش خواهد بود ، اما بخودش و
به عشقش ایمان داشت که در این ماجرا برنده خواهد بود .

***

دو روز از رفتن گوهر به خانه خودشان گذشته بود و آرمین
علاوه بر اینکه دلش خیلی برای او تنگ شده بود در نگرانی
بزرگی بسر میبرد ، بالاخره تصمیم اصلی با پدر و مادر گوهر بود
و رضایت آنها برای این عروسی لازم بود .

آنروز هوا خیلی خوب و آفتابی بود و خبری از طوفان نبود . وقتی
گوهر وارد خانه آنها شد ، خانم سمندریان در سالن بود ، او را بغل
زد و پرسید :

"چه خبر دست پر برگشتی ؟خوش خبر باشی انشاالله"

گوهر همه چیز را برای او تعریف کرد . خانم دکتر او را بغل کرد
و رویش را بوسید و گفت :" من عصر بر میگردم و با هم مفصل
حرف خواهیم زد .

گوهر به سوی اتاق آرمین رفت که او با بی طاقتی منتظرش بود که بداند در خانه آنهاچه اتفاق افتاده و جواب آنها چه بوده است؟ گوهر صندلیش را به کنار آرمین آورد و دست او را در دستش گرفت و در چشمان او نگریست پرسید:

"ای جادوگر زیبای من بگو ، نصفه جان شدم !"

گوهر با عشق به چشمان او نگریست.

" ما راه طولانی آمده ایم تا به امروز رسیدیم "

آرمین با دست سالمش دست او را می فشرد و گفت :

"گوهر روزی فکر میکردم که من لیاقت هر دختری را خواهم داشت ، اما پس از بیماریم هرگز فکر نمیکردم که دختری به زیبایی و خوش قلبی تو و با این روح بزرگ به زندگی من قدم بگذارد و مرا این چنین دوست داشته باشد ."

گوهر که از شرم صورتش قرمز شده بود جواب داد :

"این حرفها را نزن احساس کوچکی میکنم ، من هم همان قدر به

تو و عشق تو افتخار میکنم تو با این حرفها به عشق من، و انتخاب من توهین میکنی !!"

و بعد محکم او را در آغوش کشید که فریاد آرمین از درد بلند شد گوهر او را رها کرد و رویش را بوسید و گفت :

"ببخش که یادم رفت که بدنت درد میکند"

امروز احساس کرد که واقعاً او را دوست دارد و از بودن با او لذت میبرد .دلش میخواست شاعر بود و شعر های قشنگی برای آرمین می سرود . عشق آرمین همه ی دنیا او را پر کرده بود . او میخواست تمام رشته هایی که سنت و زمانه به دست و پای او بسته بود پاره کند و خودش را برای همیشه درآغوش آرمین غرق نماید . با صدای آرمین که فریاد میزد : "گوهر کجایی"

به خودش آمد با عجله به اتاق او رفت .آرمین گفت :

"عزیزم میخواهم امشب دور هم شام بخوریم و نتایج همه مشورت ها و تصمیم ها را به بقیه بگوییم موافقی؟"

گوهر خیلی خوشحال شد و با عجله رفت تا دوش بگیرد و دستور شام خوشمزه ای را هم به شیده داد که تا آمدن خانم دکتر آماده شود و آنها تصمیم بزرگ خود را با دیگران در میان گذارند .

خانم دکتر هم زود تر آمد و شام را با هم خوردند و گوهر هر آنچه که بین او و خانواده اش گذشته بود برای خانم سمندریان تعریف کرد و او هم از اینکه خانواده گوهر بالاخره رضایت خودشان را اعلام کرده اند بسیار خوشحال شد . ازدواج آرمین در چنین شرایطی یک معجزه بود که او را به زندگی بازگرداند و این معجزه بدون وجود گوهر امکان نداشت .

وقتی به اتاق آرمین بازگشتند ، آرمین از شادی در پوست خودش نمی گنجید ، گوهر رویش را بوسید و آرمین گفت:

" دلم میخواد برم زیر باران و جشن بگیرم . هوا زیاد سرد نبود و باران آرامی میبارید ."

آرمین چرخش را به طرف حیاط حرکت داد ، دلش میخواست در زیر باران عاشقی کند ، بدود و معشوقش را در بغل بگیرد .

مثل توی فیلمها ..گوهر حس میکرد یک احساس خوبی در رگهایش
جریان پیدا کرده . یک مرتبه خودش را رها کرد ، احساس میکرد
در یک دشت بزرگی قرار گرفته ، موهای زیبایش را رها کرده و
به رقص در آمده ، صورتش از هیجانی که داشت مانند گل سرخ
قرمز شده بود . قطرات شبنم بدنش را نمناک کرده بود.. این
حالت رها شدن در طبیعت را دوست داشت .آرمین دستهایش را
باز کرد و گوهر را آهسته در آغوش کشید و گفت :" خیلی دوستت
دارم "

آرمین خوشحال بود و به شادی گوهر قهقهه میزد و از خدا
میخواست که این خوشبختی آنها تمام نشود و هر دو با هم میگفتند
بزن باران و خیسمان کن. هر دو باور داشتند که میتوانند با باران

و رعد و برق حرف بزنند .. هر دو در یک لحظه دنیا را در آغوش
کشیدند ناگهان رعد و برقی زد و باران مثل طوفان باریدن گرفت
گوهر احساس کرد که حال آرمین خوب نیست با عجله آرمین را به
اتاق بازگردانید ، او از سرما میلرزید ، آقای متین هم سر رسید و
با عجله آرمین را که چشمهایش را بسته بود به حمام برد و لباس

های او را عوض کرد . گوهر خیلی نگران بود نکند در چنین موقعی آرمین دوباره راهی بیمارستان شود ؟ آقای متین او را به روی تخت خواباند و به صدای قلبش گوش داد ..سپس با عجله کپسول اکسیزن او را آورد .. پس از چند دقیقه آرمین چشمهایش را کشود .. دست گوهر را گرفت و گفت :

" چرا اینقدر ترسیدی ؟ من خوبم ،"

هر دوی آنها اشکهایشان سرازیر شد و همدیگر را بوسیدند . گوهر دوای اعصاب به همراه داروهای دیگرش را به او داد. سپس به آشپزخانه رفت و چایی داغی برایش آورد . آقای متین به او اطمینان داد که حال آرمین خوب است . و نگران نباشد با هم او را روی تخت خواباندند ، بعد از رفتن آقای متین . گوهر کنار

آرمین دراز کشید و کتاب عاشقانه ای را برداشت و پرسید :

"عزیزم دوست داری برایت کتاب بخوانم "

آرمین با عشق به او نگاه کرد و گفت:

"عزیزم میدانی که چقدر خوشحال میشم "

گوهر با صدای نرم و آهسته شروع به خواندن کرد و هنوز یک فصل آنرا تمام نکرده بود که آرمین بخواب رفت گوهر بقیه کتاب را برای خودش خواند .

***

صبح گوهر با صدای او که میگفت :" صبح بخیر "

بیدار شد و دید که آرمین میخندد گوهر پرسید :

" چرا می خندی "

آرمین با لبخندی جواب داد :" میدانی عشق تو چقدر مرا قوی و سالم کرده !! عشق تو مثل آفتابی که بروی گیاهان اشعه اش پخش میشه و آنها را زنده میکند و اگر آفتاب نباشد آنها پژمرده شده و می میرند .. عشق تو مرا زنده کرده ، گرمای وجود تو مرا زنده کرده!!"

گوهر پرسید:" چی شده که اول صبحی شاعر شدی ؟"

آرمین جواب داد :" از زمانی که با تو آشنا شدم این احساس در من زنده شده ، گوهر تو انسان بزرگی هستی در زندگی نشان دادی که چقدر قوی هستی و خوب فکر میکنی ، تو بخاطر من با قضا و قدر جنگیدی و داری می جنگی "

گوهر خندید و گفت :" پس امروز با این ریش و سبیل تو می جنگم "

خمیر ریش و لوازم اصلاح او را آورد پیشبندی جلوی یقه او بست و صورتش را خوب تراشید .بعد از تمام شدن کار صورتش را پاک کرد و آیینه ای جلویش گرفت تا خودش را ببیند . گوهر احساس میکرد هیچکس در دنیا صورت زیبا و مردانه آرمین را نداردو گفت :

ببین از کارم راضی هستی یانه ؟"

آرمین خندید و گفت :" هر چه تو بپسندی غزیز دلم "

در این موقع شیده آمد و گفت که میس کری برای ورزش آقا آمده است .گوهر صندلی او را به اتاقی که وسایل ورزش در آن قرار

داشت هدایت کرد و تمام مدت کنار او ایستاد و به او قوت قلب داد تا خسته نشود . سپس او را به اتاق خودش برگردانید و به او گفت کاری دارد و باید بیرون برود . سفارش زیادی به شیده کرد و رفت .

گوهر یک کار مهم دیگری داشت ، که باید میرفت . از یک مشاور ازدواج وقت گرفته بود . پس از دادن دواهای آرمین بسوی مطب او براه افتاد .

روبرویش نشست و در کمال صداقت حرف دلش را زد و گفت که چقدر آنها هم را دوست دارند و زندگی بدون هم برایشان مشکل است .

مشاور از او پرسید :" آیا واقعاً میدانی که چه اتفاق بزرگی در زندگیت در حال رخ دادن است .؟"

گوهر جواب داد : "بهترین اتفاقی که در زندگی یک دختر عاشق پیش می آید قرار است با معشوق خودم ازدواج کنم ."

مشاور دوباره پرسید : "دیدگاه تو از این ازدواج چیست ؟"

او جواب داد :" من مطمئن هستم که ما خوش بخت خواهیم شد و این انتهای امید و آرزوی من است ."

دکتر پرسید:" آیا او هم همین قدر که تو او را دوست داری دوستت دارد؟"

گوهر جواب داد :" گاهی احساس میکنم که او مرا بیش از این دوست دارد ."

مشاور با لبخندی گفت : "بنظر من ازدواج کنید چون میدانید که از هم چه میخواهید و خوشبخت خواهید شد .

گوهر با شرم پرسید :" یک سوال دیگه میتونم بپرسم آیا او میتواند بچه دار شود .؟"

مشاور جواب داد: "خوشبختانه مریضی هنوز همه عضلات اورا از کار نینداخته و او میتواند بچه دار شود "

گوهر با خوشحالی از پیش مشاور بیرون آمد ، انگار دنیا به او

لبخند میزد ، از اولین مغازه لباس قشنگی برای خودش خرید و

یک پیراهن زیبا هم برای آرمین گرفت و سپس به گل فروشی

رفت و چند شاخه گل مریم سفید خرید و بسوی خانه آرمین براه

افتاد . دیگر هیچ مانعی در راه ازدواج آنها قرار نداشت . شیده در

را بروی او گشود و گفت :

"آقا از وقتی شما رفته اید نه حرفی زده و نه چیزی خواسته ."

گوهر میدانست که آرمین دیگر بدون او نفس کشیدن هم برایش

امکان ندارد . بسویش رفت و او رادر آغوش گرفت .

شب خانم سمندریان بخانه آمد و گفت :

"هما قرار است همراه دوست پسرش که تصمیم به ازدواج گرفته

اند این آخر هفته بیاید و سهراب را به همه معرفی کند ."

آرمین خیلی تعجب کرد ولی مادرش توضیح داد که مدتهاست آنها

با هم همکلاس و دوست هستند و قصد دارند بعد از تمام شدن

درسشون با هم ازدواج کنند . خانم سمندریان ترتیب یک میهمانی

را برای معرفی سهراب به دوستان و آشنایان را میداد که شاید یک

نامزدی غیر رسمی هما و سهراب باشد .

گوهر خیلی خوشحال شد و برای این میهمانی تصمیم گرفت که یک لباس نو بخرد . حالا او دیگر پرستار آرمین نبود و داشت با او ازدواج میکرد .

***

خانم سمندریان گروهی را استخدام کرد تا خانه را تزئین کنند و به رستورانی هم دستور شام را داده بود و چند تن از دوستان نزدیک و اقوام را هم برای این میهمانی کوچک دعوت کرد .

شب بسیار زیبایی بود . هما و سهراب میدرخشیدند و مردم همه خوشحال بودند . هما حالا که خودش داشت ازدواج میکرد رفتارش با گوهر بهتر شده بود . سهراب جوانی خوش سیما و

بسیار خوش برخوردی بود و همه از دیدن او خوشحال شدند. او با ستایش و احترام با گوهر رفتار میکرد چون این دختر زیبا داشت بزرگترین فداکاری زندگیش را میکرد .

بالاخره میهمانی تمام شد و فردا بعد از ظهر آنها به شهرشان باز می کشند ، هما از گوهر پرسید شما چکار میکنید و او جواب داد ما آماده ایم تا بزودی با هم ازدواج کنیم .

***

پس از رفتن هما و نامزدش ، گوهر از آرمین پرسید :" برنامه شما چیست بالاخره رسم و سنت بر این است که شما باید بخانه ما برای خواستگاری بیایید "

آرمین نگاهی به خودش و صندلی چرخدارش کرد و گفت :

"البته عزیزم خیلی دلم میخواد که به خانه شما برویم ولی من با این صندلی و این وضع چطور میتوانم به آپارتمان طبقه دوم شما بیایم !! بهتر نیست که از آنها دعوت کنیم که به اینجا بیایند ؟"

گوهر فکر کرد که آرمین درست میگوید ولی پدر و مادر او برای خودشان شخصیت داشتند و درست نبود که به اینجا بیایند تا خانم سمندریان دخترشان را خواستگاری کند . کمی فکر کرد و گفت :

"بهتره جای دیگری را در نظر بگیریم مثلا یک رستوران که برای تو هم راحت باشد ."

آرمین از این عقیده استقبال کرد و گفت :

"خودت ترتیب این کار را بده .. و رستوران را رزرو کن "

ولی گوهر گفت :" هر چیزی رسم و رسوم خودش را دارد و مادر تو باید اینکار را بکند و آنها را دعوت نماید ."

***

بنا به دعوت خانم سمندریان خانواده گوهر به همان رستورانی که تولد گوهر را جشن گرفته بودند آمدند . ابتدا مجلس کمی خشک بود ولی رفته رفته در مورد همه چیز صحبت کردند و خانواده گوهر واقعاً از داشتن چنین دامادی افتخار کردند و به انتخاب گوهر تبریک گفتند .

قرار بر این گذاشته شد ، که تا دو هفته دیگر تدارک یک مجلس کوچک عقد کنان را در منزل خانم سمندریان ببینند و هر خانواده

دوستان نزدیک خود را دعوت نمایند و دوستان نزدیک آرمین و گوهر هم باشند و شام مفصلی داده شود و این دو پرنده عاشق را برای هم عقد نمایند .

سوگل و خانم سمندریان روزها با هم برای خرید عروس و سفره عقد میرفتند و آنچه که لازم بود در این مدت خریدند .

***

آنروز زمین و آسمان و طبیعت همگی خوشحال از این پیوند بودند گوهر لباس آبی کم رنگ بسیار زیبائی برای شب عقد خرید ه بود و در این لباس آبی که برنگ آسمان آبی بود و موهای زیبایش را بر دوش ریخته بود و کمی آرایش داشت مثل یک ستاره میدرخشید. آقای متین هم به آرمین کمک کرد تا او هم آماده شود و آرمین کت و شلوار مشکی با پیراهن سفید و پاپیون آبی به رنگ لباس گوهر و با یک رز سفید که به یقه اش زده بود و ادکلن خوش بویی که گوهر آنرا دوست داشت بسیار زیبا و جذاب شده بود .

در یکی از اتاق های خانه آنها سفره عقد بسیار زیبائی چیده بودند بقچه ترمه دورزی زیبای بر روی میز بزرگی انداختند ، با آیینه و شمعدان های عتیقه نقره و ظرفهایی پر از گردو و بادام رنگ شده طلایی و نقره ای ، سفره با شمع ها و گلهای فراوانی تزئین گشته بود درست مثل یک تابلوی نقاشی .

در این موقع گوهر با آرمین وارد اتاق عقد شدند . میهمانان از دیدن این همه زیبایی خیره گشتند و همگی خوشحالی خودشان را نشان میدادند. آرمین دست گوهر را گرفت و بطرف خودش کشید و گفت :

" عزیزم حس میکنم ریه هایم جای هیچ هوایی را ندارد دارم از شوق خفه میشم "

و بعد دستش را بوسید. دوستان همه آمده بودند ،چند تا از همکاران قدیم آرمین هم بودند ، هما و سهراب هم با خوشحالی در این مجلس شرکت داشتند و شادی آرمین را با او جشن میگرفتند همه مجلس به این عروس و داماد زیبا خیره گشته بودند . چقدر

بهم می آمدند . گوهر وقتی وارد اتاقی که سفره عقد را چیده بودند شد گریه اش گرفت ، انگار یک تابلوی نقاشی در مقابل خود می دید چقدر آرزوی چنین روزی را کشیده بود . در کنار آرمین روی یک صندلی نشست و یکی از دوستان خانم سمندریان خطبه عقد آنها را خواند . وقتی عروس بله را گفت بر سرشان نقل و نبات و سکه ریختند و همه هلهله می کشیدند . چه کسی باور میکرد که روزی آرمین چنین ازدواج قشنگی داشته باشد .بعد از عقد همه فامیل و دوستان هر کدام به نوبه خود هدیه بسیار زیبا ، جالب و ماندگاری به آنها دادند که هر کدامشان میتوانست داستان زندگی آنها باشد . بعد از شام دوستان عروس و داماد می رقصیدند و از گوهر هم خواستند تا همراه آنها برقصد . آرمین وقتی که او میرقصید نگاه عاشقانه ای به او میکرد و آرزو داشت که برای یک لحظه هم که شده همراه او برقصد .آرمین به گوهر گفت :

" حالا چکار کنیم ؟" و در مقابل همه دست در گردن گوهر انداخت و او را بوسید. و به گوهر گفت وقتی میرقصیدی فقط یک آرزو داشتم که چه می شد اگر میتوانستم با تو می رقصیدم !!"

آن شب زیبا هم به آخر رسید و میهمانان پس از تبریک گفتن و
بوسیدن آنها به خانه هایشان رفتند و عروس و داماد را هم خانواده
هایشان با شادی به اتاق خوابشان بردند . تا زندگی خوبی را
شروع کنند .

***

فصل سوم

سه ماهی از ازدواج آنها گذشته بود ، هر دو احساس
خوشبختی میکردند و از کنار هم بودن لذت می بردند . گوهر
گاهی فکر میکرد که اگر او خانه ای جداگانه داشت به سلیقه
خودش آنجا را تزئین میکرد و دکور خانه را عوض می نمود . که
شاید برای حرکت آرمین هم بهتر باشد.

بالاخر این عقیده را با آرمین در میان گذاشت . آرمین با روی باز
از این موضوع استقبال کرد و گفت :

"عزیزم هر جور دوست داری خونه را تغییر بده تو حالا عروس و
خانم این خونه هستی پرستار من نیستی !!"

شب که خانم دکتر به خانه آمد ،آرمین موضوع را با او در میان
گذاشت . او هم استقبال کرد چرا که بخاطر بیماری آرمین مدتها

بود که آنها تغییری در دکوراسیون خانه نداده بودند و این برای آرمین هم خوب بود که در خانه تغییری بدهند .

گوهر با خوشحالی پرسید :"از عهده خرجش بر خواهی آمد ؟"

آرمین خندید و گفت : "عزیزم من هنوز حقوقم را میگیرم ، اصلا فکر مادیات را نکن و هر چه دلت میخواهد انجام بده ."

از فردا صبح گوهر به امید تازه ای بیدار میشد ، یک مهندس دکوراسیون خانه استخدام کرد و رفته رفته خانه را تغییر داد مخصوصا با در نظر گرفتن مشکلات آرمین خانه را طوری دکور کردند که او برای خودش استقلال داشته باشد و مجبور نباشد تا کسی او را هدایت کند .

خانم سمندریان هم از این تغییر و تحول خوشحال شده بود ، خانه رنگ نویی به خود گرفته بود و بسیار زیباتر از اولش بود .

***

چند روز بعد گوهر احساس عجیبی در خود میکرد ، شاید

دارد بیمار میشود . نمیدانست که چرا گاهی سرش گیج میرود و حالش بد می شود ..تصمیم گرفت که به دکتر خانواده گی مراجعه کند . البته نمیخواست که آرمین را نگران نماید .

با عجله خودش را به ساختمان پزشکان رسانید ، کمی در اتاق

انتظار منتظر شد تا نوبت به او رسید . دکتر با خوشرویی او را پذیرفت و بعد از گوش کردن به حرفهای او با خنده گفت :
"شیطانی کرده اید ؟"

گوهر متوجه شوخی دکتر نشد ، دکتر پس از معاینه او را به آزمایشگاه فرستاد و وقتی او با جواب آزمایش بازگشت دکتر لبخندی زد و گفت:

"نگفتم شاید شیطانی کرده باشید !!"

گوهر باز هم متوجه نشد و دکتر با خنده گفت :

"دختر جان حامله ای داری بچه دار میشی "

گوهر از خوشحالی دکتر را در آغوش گرفت .. باورش نمی شد که

خداوند چنین هدیه ای را به آنها داده باشد و زندگی شان اینقدر فرق کند و یک بچه به زندگی آنها روح تازه ای بدمد .

با خوشحالی به طرف خانه راند .. با عجله خودش را به اتاق آرمین رساند. با خوشحالی او را بغل زد و گفت :

"آرمین توی دنیا دیگه چه آرزویی داری ؟"

آرمین خندید و گفت :" دیگه هیچ چیز از خدا نمیخوام تو همه خوشبختی ها را برایم آورده ای "

گوهر او را بوسید و گفت :

"اگر بهت بگم که بزودی یک کوچولو به جمع دو نفره ما اضافه خواهد شد چی میگی ؟"

آرمین اول متوجه نبود که گوهر چه میگوید ، بعد ناگهان فهمید و فریاد زد:"یعنی تو حامله ای ؟ آره "

گوهر از شدت خوشحالی اشک می ریخت او را بوسید و گفت:
"خوشحالی ؟ خوشحالی؟"

آرمین هم اشک می ریخت خداوند چگونه چنین خوشبختی را به
او هدیه داده گوهر را می بوسید و از شادی گریه میکرد .

گفتن این موضوع به خانواده ها هم کار مشکلی بود و مطمئنا آنها

هم خوشحال می شدند.. خانم دکتر آنقدر خوشحال شده بود که
فکرش را نمیکرد ، یعنی آرمین او اینقدر خوشبخت خواهد شد و
بچه اش را هم خواهد دید .

سوگل و علی هم خیلی خوشحال شدند، همه از خوشحالی به
یکدیگر تبریک میگفتند . این یک معجزه بود که در زندگی آرمین
اتفاق افتاده بود .

***

آرمین از گوهر خواست تا او را به توی حیاط ببرد و گوهر
صندلی او را آرام بطرف درخت کهنسالی برد که آرمین آنرا خیلی
دوست داشت آفتاب بهاری رو به غروب بود و آخرین اشعه
هایش را بر آنها می تابید . گوهر سرش را به شانه های مردانه
آرمین تکیه داده و در رویا ی روزی که بچه آنها در این حیاط

بدود فرو رفته بود . ناگهان احساس کرد که بدن آرمین داغ شده ، بلافاصله او را بداخل خانه آورد و به آشپزخانه رفت و دوای تب بری برایش آورد با حوله و آب سرد سعی کرد بدنش را خنک کند . میدانست

که خانم دکتر عمل بسیار بزرگی دارد . بنا براین به دکتر خانوادگی خودشان زنگ زد . دکتر بلافاصله آمد و او را معاینه کرد . از کیفش دارویی در آورد و به او داد و بعد به گوهر گفت :

"صبح به تو گفتم این خبر به این بزرگی را باید آرام به او بدهی ، او تحمل این همه خوشی را نخواهد داشت ."

بعد گفت کلیه اش کمی ناراحت شده و فردا برای آزمایش به بیمارستان بیایید .آقای متین هم خودش را رساند و کارهای سرویس شبانه او را شروع کرد .

گوهر کنارش نشسته بود و موهایش را نوازش میکرد و به شوخی گفت:

" آخه مگه تو بچه ای که من باید اینگونه نازت کنم ؟ چند ماه

دیگه بابا می شی "

آرمین میگفت :

"گوهر باور نمیکنم !! من و این همه خوشبختی !! اینها را همه تو

به من هدیه دادی ! چطور از تو تشکر کنم ؟"

***

آرمین نیمه شب ناگهان بیدار شد و فریاد زد:"گوهر ..گوهر

کجایی؟"

گوهر کنارش دراز کشیده بود و پریشان از خواب پرید و پرسید:

"آرمین جان چی شده ؟ خواب بد دیدی ؟"

آرمین گفت :" گوهر یعنی من بچه ام را خواهم دید ؟ خیلی می

ترسم که قبل از بدنیا آمدن او من بمیرم!"

گوهر دست او را در دست گرفت و بوسید و گفت :

"بهت قول میدم که بزرگی او را هم خواهی دید . مطمئن باش"

آرمین سرش را به شانه او تکیه داده و پرسید :

"یعنی من و اینقدر خوشبختی ؟"

گوهر گفت :" یادته بتو گفتم قلم موی زندگیت را خودت بدست

بگیر و زندگیت را نقاشی کن ...ببین از وقتی خودمان برای آینده

تصمیم گرفتیم همه چیز عوض شده"

**

رفته رفته زندگی آنها رنگ دیگری میگرفت و پس از

دکوراسیون جدید خانه گوهر به این فکر افتاد که چون آنها مراسم

عقدی بسیار خصوصی گرفتند ، اکثر دوستان او و آرمین گله

میکردند که چرا آنها را به عروسی دعوت نکرده بودند . گوهر

تصمیم گرفت که یک میهمانی بزرگ بدهند و تمام دوستان دو

خانواده و دوستان خودشان را دعوت کنند . بعد از اینکه روز

میهمانی را تعیین کردند گوهر بفکر پذیرایی و تزئین خانه افتاد

. غذا و شیرینی هایی که باید سرو می شد را صورت گرفت ، و

آنهاییکه باید سفارش دهد را سفارش داد . دو روز مانده به

میهمانی لیستی گرفت و کار هر کدام از خدمه را معین کرد و خودش هم میخواست هم پای آنها کار کند ولی آرمین به او هشدار داد که بخاطر بچه نباید کار سنگینی بکند و بهتر است فقط نظارت داشته باشد .

آنروز پس از اینکه کارها را قسمت کرد تصمیم گرفت به دوستش نیلوفر که همیشه گله میکرد که چرا او را به عروسی دعوت نکرده تلفن بزند و از او بخواهد که همراهش به بازار برود و لباس مناسبی را برای آنشب انتخاب کند .

بعد از ساعتی در جلو مغازه ای پارک کرد و همراه نیلوفر وارد مغازه شد . لباس بسیار قشنگی پشت ویترین بود ، دامنی بلند و بلوزی بلند که روی آن افتاده بود . وقتی به فروشنده گفت که آن لباس را میخواهد !! فروشنده جواب داد که آن لباس کمی گران میباشد .

گوهر با تعجب پرسید مثلا چقدر ؟

او جواب داد شاید هشتاد دلار بشود .

گوهر چیزی نگفت و فقط از او خواست تا لباس را بیاورد ،
وقتی به اتاق پرو رفت و لباس را پوشید و بیرون آمد ، فروشنده
و نیلوفر از زیبایی او خیره مانده بودند . گوهر آن لباس را خرید
و سپس کفش و کیفی که در داخل مغازه بود و عجیب به آن لباس

می آمد را هم انتخاب کرد و آنها را هم خرید وقتی پول میداد ،
چشمش به عینک آفتابی بسیار زیبایی افتاد آن را هم خرید و
روانه خانه شد .

***

وقتی بخانه رسید پسر عموی آرمین که در سفر بود و او
تابحال گوهر را ندیده بود برای دیدن آرمین آمده بود . و از دیدن
گوهر خیلی خوشحال شد و به آرمین تبریک گفت و قرار شد که
فرداشب برای میهمانی بیاید.

فردا روز بزرگی بود ، اما گوهر تلاش میکرد که اضطراب روی
خودش و آرمین نگذارد که خدای نکرده آرمین تب کند و مجبور
بشوند که به بیمارستان بروند . همه چیز با برنامه و بسیار زیبا

چیده شده بود و سالن بزرگ خانه را برای این میهمانی تزئین کرده بودند .

از غروب یکی یکی میهمانان آمدند ، یا هدایای بسیار زیبا برای گوهر و یا گلهای زیبایی برایشان می آوردند ، پس از اینکه همه در

سالن مستقر شدند گوهر که لباسش را پوشیده بود و موهایش را هم بر دورش ریخته بود در حالی که دست آرمین را گرفته وارد سالن شدند میهمانان بلند شده و برای این زوج جوان و خوشبخت دست میزدند . دوری در سالن زدند و در کناری ایستادند . همه یکی یکی به جلو می آمدند با آنها دست میدادند و تبریک میگفتند و با آنها روبوسی میکردند .آرمین باورش نمی شد که او اینقدر خوشبخت باشد که زنی به این زیبایی داشته و بچه ای هم در راه است .

بعد از شام دوستان او آهنگ رقص گذاشتند و همگی میرقصیدند در یک آن آرمین تصمیم گرفت که همراه گوهر برقصد .

به او گفت :"روی زانوی من بشین"

گوهر گفت :" می ترسم دردت زیاد شود ."

اما آرمین دلش میخواست با عشق زندگیش همراه با دوستانش برقصد . گوهر روی زانوی او نشست و او صندلی را بطرف پیست رقص هدایت کرد و با هم سرو گردن تکان میدادند و میرقصیدند

یک دور کامل زدند و بجای خودشان بازگشتند .همه از این رقص قشنگ به هیجان آمده بودند و یک دایره دور آنها زده و برایشان کف میزدند.

بالاخره این شب خاطره انگیز هم پایان گرفت .شادی آرمین و گوهر قابل وصف نبود . بهترین شب زندگی آنها بود . میهمانان رفتند و آنها را با دنیایی از خاطرات خوب برجای گذاشتند . همه از خوشبختی آرمین شاد بودند و مادرش خدا را شکر میکرد که خداوند چنین دختر زیبا و فهمیده ای را سر راه آرمین قرار داد تا او بقیه عمرش را در خوشبختی بگذراند .

***

    شکم گوهر یواش یواش بزرگتر می شد ، و وحشت او زیاد تر. می ترسید که بچه اش سالم نباشد ولی دکتر هر بار به او امید میداد که همه چیز خوب است و نگران نباشد و بچه سالمی بدنیا خواهد آورد . اما گوهر وسواس زیادی داشت ، ماههای آخر بارداری خودش نگرانی هایی دارد که بیماری آرمین نگرانی گوهر را چند برابر میکرد . آرمین هم از نگرانی گوهر دلواپس می شد اما سعی میکرد که خودش را نبازد و در این دوران سخت فشار روحی گوهر را کمتر کند .

بالاخره دکتر به آنها خبر داد که نوزاد یک دختر خوب و سالم است ، این خبر خیلی آنها را خوشحال کرد . حالا گوهر بیشتر وقتش را در بازار میگذراند و برای دخترش که قرار بود او را مروارید بنامند خرید میکرد . انواع لباس های زیبا دخترانه خرید و اتاقی برایش درست کردند ، تخت خواب و گهواره و هر چه که بچه لازم داشت . خانم دکتر بینهایت خوشحال بود که بالاخره صدای گریه بچه در این خانه خواهد پیچید و او نوه دار خواهد شد .

گوهر که حالا سنگین تر شده بود ، بیشتر او قات را به تماشای لباس های مروارید میگذارند و هر روز برای آرمین قصه ای میگفت . که این لباس را روزی که ببریمش پارک تنش میکنم !! این لباس را وقتی توی حیاط او را میگردانیم به او می پوشانم و مرتب لباس ها را از کمد در می آورد و دوباره تا میکرد و با دنیایی از عشق به آنها نگاه میکرد و سپس سر جایش میگذاشت

و بی صبرانه در انتظار آمدن مروارید بود . گوهر مثل هر مادری که روزهای آخر بارداری را میگذراند نگران زایمان بود و ترس از اینکه بچه دچار مشکلی نشود .

آرمین با اینکه گاهی اوقات حالش خوب نبود و احساس ضعف میکرد ولی به گوهر چیزی نمیگفت تا او بیش از این نگران نشود هر شب بوسه ای بر شکم گوهر میزد و شب بخیر به دخترشان میگفت . این دختر قرار بود مثل مادرش شادی را به این خانه به ارمغان بیاورد .

آنروز آنها عاشقانه و در کنار هم و با هم ،ازطبیعت و از هر چیز

دیگری لذت میبردند ، آرمین از گوهر خواست که او را به حیاط خانه و به زیر آن درخت کهنسال که مورد علاقه اش بود ببرد و روی آن نیمکت بشینند. آنها با آرامش کنار هم لم داده بودند ودر زیر آفتاب ملایمی ، که خیلی لذت بخش بود در کنار هم و با هم از این همه زیبائی لذت ببرند . مثل اینکه این لذت به آنها تزریق می شد.زندگی مثل آفتاب درخشان به روی آنها و کوچولوی عزیزشان می تابید .

آرمین ناگهان گفت :

" میدانی من در یک قفس پر زرق و برق بودم و همیشه خسته و درمانده ، بوی عطر گلها را هم حس نمیکردم . ، زیبایی این درخت کهن را نمیدیدم ، اما الان احساس میکنم خوشبخت ترین مرد دنیا هستم ."

در حالیکه موهای زیبای گوهر را نوازش میکرد گفت:

" باور نمیکنم تا چند هفته دیگه صاحب دختری خواهیم شد."

***

بالاخره یک روز دردهای گوهر شروع شد و علائم زایمان در او آشکار شد . بلافاصله آرمین به کمک آقای متین او را به بیمارستانی که خانم دکتر در آنجا کار میکرد و قرار بود بچه هم در آنجا به دنیا بیاید بردند . خانواده گوهر هم خودشان را به بیمارستان رساندند لحظه های سختی بود .. گوهر از درد گریه میکرد ، آرمین کنارش روی صندلی نشسته بود ودست او را نوازش میکرد و به او دلداری میداد که دیگر تمام شده و چیزی نمانده تا فرزند

قشنگشان را در آغوش بگیرند . دکتر جلالیان ، دکتر متخصص زنان ، پزشک گوهر بود ، پس از معاینه او گفت همه چیز طبیعی است و جای نگرانی وجود ندارد و تا چند ساعت دیگر مروارید به دنیا خواهد آمد ..

گوهر خیلی ظریف و ضعیف بود و تحمل درد برایش سخت بود خانم دکتر هم به اتاق آمد و روی گوهر را بوسید و به او گفت که تو بدنیای ما رنگ خوشبختی پاشیدی .. با ازدواجت با آرمین و

اکنون با نوه ای که هرگز فکر نمیکردم داشته باشم .

دردهای گوهر شدت گرفت ، فریاد میزد ،گریه میکرد یک پرستار خوب و با تجربه به دکتر جلالیان کمک میکرد و بالاخره نزدیک نیمه شب مروارید چشم به جهان گشود . با فریادهای درد ناک گوهر و فریادهای شادی آفرین آرمین . پس از بدنیا آمدن نوزاد او را تمیز گردند و در آغوش گوهر گذاشتند ، یک دختر تپل و مپل زبیا با پوستی سفید . گوهر او را می بوسید و با خودش میگفت یعنی این بچه من است ؟ این در شکم من بود ..آرمین هم از شادی در پوست خودش نمی گنجید او تا دوسال پیش برای مرگش روز شماری میکرد ولی حالا زن به این خوبی و دختری به این زیبایی داشت . خانواده گوهر بداخل اتاق آمدند ، مادرش مروارید را در آغوش گرفته و گریه میکرد ، صدف مرتب میگفت صدف و مروارید چقدر اسم ما دوتا بهم می آید . در این موقع خانم دکتر به اتاق آمد و گردنبندی بسیار زیبا و عتیقه ای را بدور کردن گوهر بست و گفت :

"عزیزم این گردنبند خانوادگی ماست باید آنرا برای مروارید حفظ کنی"

و روی گوهر را بوسید و چندین بار تبریک گفت . مردی وارد اتاق شد و سبد گل بسیار زیبایی را برای گوهر آورد که معلوم شد آرمین قبلا سفارش داده بوده . گوهر مرتب روی آرمین را می بوسید و شادی دلش را با او قسمت میکرد . آرمین هم یک جعبه مخملی از جیبش در آورد و آنرا باز کرد و گردنبند مرواریدی را به گوهر هدیه داد . گوهر گفت تو برایم گل فرستادی دیگر گردنبند چه لزومی داشت و آرمین در حالی که او را میبوسید گفت:

"تو تمام شادی های دنیا را برای من به ارمغان آوردی من اگر دنیا را به پایت بریزم هنوز جبران نکرده ام ."

در این موقع آقای متین آمد که آرمین را به خانه ببرد و دکتر هم دستور داد که گوهر را تنها بگذارند تا استراحت کند .

فردا صبح دکتر مروارید را کاملا معاینه کرد و به آنها مژده داد که نوزاد کاملا صحیح و سالم است و همان روز میتواند به خانه برود

عصر آنروز خانم دکتر همراه با یک پرستار گوهر و مروارید را به خانه آورد . پدر و مادر گوهر هم آنجا بودند صدای دلنواز موسقی کلاسیک فضای خانه را در بر گرفته بود. گلهای زیبا و فراوان و شمع ها ی روشن قیافه خانه را عوض کرده بود .گوهر در حالی که فرزندش را در آغوش گرفته بود وارد شد.خانه بطرز با شگوهی خود نمایی میکرد . خانم دکتر سمندریان به آرزویش رسیده و مغرور و خوشحال از اینکه پسرش که از جان بیشتر دوستش داشت ، صاحب فرزندی شده و خودش صاحب زیباترین نوه دنیا گشته ،از شادی روی پایش بند نبود، همه فامیل آنجا بودند و به استقبال آنها رفته ، اسفند در آتش ریختند و بچه را با خوشحالی به اتاقی که برایش با وسایل قشنگ صورتی تزئین کرده بودند بردند.

***

شب گوهر روی تختی خوابیده بود که نزدیک آرمین باشد ،آرمین دست او را در دست گرفته و می بوسید . شیده مامور

پرستاری بچه بود آرمین سرش را به شانه گوهر تکیه داد و به او گفت :

روزی که تو از این در وارد شدی هرگز فکر نمیکردم که تو فرشته نجات من هستی و برای بازگرداندن زندگی به من آمده ای

در این هنگام صدای گریه مروارید آمد و آنها سراسیمه به در نگاه کردند ، شیده او را برای شیر دادن آورده ودر آغوش گوهر گذاشت و آرمین به این معجزه الهی نگاه میکرد مثل اینکه یک تابلوی نقاشی را می بیند .

****

روز ها گذشت ، یک جشن بزرگ برای تولد مروارید گرفتند

که هما و نامزدش هم آمدند و دوستان آنقدر برای مروارید هدیه آوردند که قابل شمارش نبود . مادر و خواهر گوهر حالا خیلی بیشتر از سابق خانه آرمین را خانه گوهر میدانستند و برای دیدن مروارید به آنجا می آمدند .

مروارید زور به روز بزرگتر،زیباتر و شیرین تر می شد .. عزیز همه

شده بود حتی هما هم بیشتر بخاطر دیدن او می آمد

***

تولد یکسالگی مروارید هم رسید و با یک جشن خانوادگی

آنرا جشن گرفتند ، مروارید حالا کمی راه میرفت و کلماتی هم

مثل ، بابا و ماما میگفت که دل همه را میبرد .این روزها آرمین

یا حالش خوب بود و یا نمیگذاشت کسی از دردهایش خبر شود

. مروارید کم کم به حرف آمد و جمله میگفت مثل مامان کو و یا

شیر میخوام آنقدر شیرین شده بود که همه عاشقش بودند .. او که

علیل بودن پدرش را نمیفهمید دوست داشت با آرمین بازی کند

و هرچند که برای آرمین سخت بود اما سعی میکرد که با او بازی

کند تا دخترش احساس نکند که او دوستش ندارد.

***

یکسال دیگر هم گذشت ، حالا مروارید قشنگ حرف میزد

و دختر دوساله بسیار زیبا و شیرینی شده بود و همه او را دوست

میداشتند ، همه به او افتخار میکردند . یک روز هوا خیلی صاف و آفتابی بود و آرمین به گوهر گفت :

"گوهر جان دلم میخواد بریم رستوران و همه دور هم شام بخوریم به خانواده ات هم خبر بده که آنها هم بیایند ."

آرمین گاهی فکر میکرد که این روزها را نباید از دست بدهد ، چون گاهی احساس میکرد که بیماریش پیش رفته ولی بجز به دکترش به کسی نمیگفت . نمیخواست شادی گوهر و مروارید را بهم بزند.

بالاخره آنشب شام همگی به رستورانی نزدیگ رفتند و مروارید خودش غذا برای همه سفارش داد که آنهم عالمی داشت . هوای قشنگی بود و شب خوبی ، مروارید به پدر بزرگ و مادربزرگش

هم خیلی علاقه داشت و وقتی سوگل و علی را می دید از آغوش آنها جدا نمی شد . بالاخره موقع صرف غذا برایش یک دفتر نقاشی آوردند تا او سر گرم شود و اجازه دهد که بقیه غذا بخورند پس از صرف غذا بخانه بازگشتند .آرمین از اینکه شب به این

خوبی را برای خانواده اش تدارک دیده بود احساس خوبی میکرد و به گوهر گفت :

"باید بیشتر از این برنامه ها داشته باشیم تا مروارید با هر دو خانواده زمانی را بگذراند ."

***

یک روز صبح آرمین وقتی بیدار شد احساس تب و درد میکرد گوهر بلافاصله درجه حرارت او را گرفت و به دکتر زنگ زد . خانم دکتر خودش را سراسیمه به اتاق آنها رسانید و متوجه شد که آرمین نمیتواند خوب نفس بکشد بلافاصله دستگاه اگسیژن را آوردند و به او وصل کردند ، دکتر در راه بود .دوباره حال آرمین بد شده بود ، گوهر انگار برای مدتی فراموش کرده بود که آرمین مریض است . بالاخره دکتر کینگ سر رسید و پس از معاینه آرمین گفت :

"فعلا لازم نیست که به بیمارستان ببریم ، نسخه جدید میدهم "

گوهر دوید که به داروخانه برود آقای متین نسخه رو گرفت و گفت:

" شما پیش آرمین باشید من الان برمیگردم "

و با سرعت رفت . گوهر به کنار آرمین بازگشت ، چشمهایش را بسته بود و معلوم بود که درد زیادی دارد .. خانم دکتر وقتی داروها را دید فهمید که دکتر کینگ داروی قلب داده که قبلا جزء داروهای او نبود با عجله به او زنگ زد و دکتر کینگ گفت :

" بزرگش نکن فردا دستور نوار قلبی میدهم شاید چون ریه هایش خوب کار نمیکند . "

گوهر بلافاصله به خانه خودشان زنگ زد تا صدف فورا به آنجا بیاید و مواظب مروارید باشد چون او باید تمام مدت کنار آرمین می بود. میانه صدف و مروارید خیلی خوب بود و هر دو از بودن با هم لذت می بردند .

آرمین برای مدتی خوابید وقتی بیدار شد دید که گوهر کنارش

است پرسید: "عزیزم مروارید کجاست؟"

او جواب داد : "با خاله اش روز خوبی را گذرانده و الان هر دو خواب هستند ."

***

روز بعد از طرف بیمارستان با تمام وسایل برای عکس و نوار قلبی به خانه آنها آمدند و به دستور دکتر کینگ تمام تست های آرمین را انجام دادند . گوهر التماس میکرد که نتیجه را به او بگویند ولی پرستار گفت دکتر کینگ خودش با شما صحبت خواهد کرد .

گوهر به آشپزخانه رفت و از شیده خواست تا صبحانه را حاضر کند سری به اطاق مروارید زد ، هنوز هردوی آنها خواب بودند و به اتاق آرمین بازگشت . احساس کرد که آرمین حالش از دیروز خیلی بهتر است تب ندارد و خودش گفت که دردش هم بهتر شده و با لبخندی ادامه داد:

"وقتی فرشته ای از آدم پرستاری کند خوب معلوم است که حالش
بهتر میشود"

گوهر گونه اش را بوسید و کنارش نشست و صبحانه او را بخوردش
داد . خانم دکتر آمد و خبر خوبی آورد که خدا را شکر قلبش سالم
است فقط باید دوباره ورزش هایش را بیشتر کند .

فصل چهارم

سالها گذشت و زندگی آنها همچنان با غم مریضی آرمین و
شادی با هم بودن و از این دقایق لذت بردن ادامه داشت . آرمین
گاهی بهتر می شد گاهی بدتر ، گاهی چند روزی را در بیمارستان
میگذراند ولی این را میدانست که هر چه بعد از ورود گوهر به
زندگی او عمر کرده از صدقه سر گوهر است و گرنه او سالها پیش
مرده بود . مروارید حالا هشت ساله شده بود ، دختری درس خوان
و با هوش که میدانست پدری مریض دارد که شاید برای سالهای
زیادی عمر نکند ولی از داشتن او خوشحال بود .

دختر خیلی با هوشی بود ، خیلی قشنگ نقاشی میکرد و کارهای
هنری دیگر را هم انجام میداد به کتاب خواندن علاقه مند بود و
کتابهایی که حتی برای سن او زیاد بودند میخواند ، در مدرسه
مورد توجه همه بود در تمام مسابقات شرکت میکرد و یکی از

بهترین ها بود . در تمام برنامه های مدرسه سهمی داشت و دوستان بسیار زیادی دور ور او بودند که به دوستی با او افتخار میکردند . خوب میفهمید که پدرش نمیتواند مثل بقیه پدر ها با او به کوهنوردی برود و یا اسکیت بازی کند بنابراین بازیهایی را با پدرش میکرد

که او از عهده آن بر آید مثل شطرنج و بازیهای کامپیوتری . و همیشه طوری رفتار میکرد که پدرش از پدران بقیه دوستانش چیزی کم ندارد و او خیلی خوشبخت است بخاطر عشق و توجه ای که هم در خانه و هم در مدرسه به او میشد کمی بخودش مغرور بود که البته گوهر با روحیه ایثار گری که داشت این را تحسین نمیکرد ولی کاری هم از دستش بر نمی آمد شخصیت مروارید چنین شکل گرفته بود .

***

روزی مروارید به خانه آمد ویک نامه از مدرسه را باخود آورده بود که به گوهر داد.این نامه مربوط به یک کمپ سه روزه

بود که مروارید میتوانست در آن شرکت کند با رضایت اولیاء . این برای گوهر بسیار سخت بود . گوهر همین چند ساعتی که از او دور بود و به مدرسه میرفت را به سختی تحمل میکرد، حالا چگونه سه روز او را نبیند . اما آرمین به او میگفت این هم قسمتی از بزرگ شدن است که بچه باید از پدر مادرش گاهی دور باشد تا عادت به دوری کند . بالاخره گوهر رضایت داد و روزها با مروارید برای خرید وسایل این مسافرت سه روزه به بازار میرفت و برایش خرید میکرد . حتی بیش از آنچه لازم دارد .

بالاخره روز موعود فرا رسید و مروارید خوشحال و خندان وسایلش را برداشت و روی همه را بوسید و آهسته در گوش پدرش گفت که این چند روزه مواظب مامان باش چون میدانست که گوهر چقدر از این جدایی ناراحت است و بعد راهی مدرسه شد تا به کمپ برود . گوهر گریه میکرد که چگونه این سه روز را خواهد گذراند .

ساعتی بعد مروارید زنگ زد و خبر داد که سلامت است و سفرش خیلی خوب بوده بعد با پدرش حرف زد و گفت که عاشق اوست و بزودی به خانه باز میگردد. آرمین درجوابش گفت :

"دخترم مثل همیشه محکم باش و از هیچ چیزی در دنیای اطرافت نترس ، عاشقتم ، دوستت دارم و بزودی می بینمت.

آرمین دست گوهر را گرفت و به او گفت این هم جزیی از زندگی است بیا با هم بریم توی حیاط و قدم بزنیم و یا به کافه ای برویم و قهوه بخوریم

گوهر با خودش می اندیشید که امشب باید تکلیف خودش را با این احساسش روشن کند که بیش از این غصه نخورد. آرمین حق دارد او باید بپذیرد که این جدایی ها هم یکی از درسهای زندگی است

آرمین بعد از خوردن داروهایش بخواب رفت . اما گوهر نا آرام بود ، از پهلویی به پهلوی دیگر می غلتید و فکر میکرد . احساس نفس تنگی داشت ، به تراس رفت ، روی صندلی حصیری نشست و به آسمان یک دست سیاه و پر ستاره خیره شد. دلش میخواست بال بزند و در بلندی آسمان و انتهای شب گم شود . نفس عمیقی کشید ، عطر گلهای اطلسی روحش را نوازش میکرد .، آن تنها

فرصت خلوت کردن با خودش بود . زمان دلتنگی و غرق شدن در خودش . به فکر آرمین افتاد که چقدر دلتنگ نگاهش است چقدر دلتنگ مروارید است . از ایوان خارج شد و بطرف اتاق آرمین رفت . او در خواب عمیقی فرو رفته بود ،اما گوهر نمیتو.انست بخوابد . ، آرام در را پشت سرش بست و بطرف اتاق کارش رفت آرام به پشت میزش قرار گرفت ، قلم و کاغذی برداشت

و دلتنگی هایش را به روی کاغذ ریخت .. نزدیک صبح آمد و در کنار آرمین قرار گرفت و خوابید . بعد از مدت کوتاهی با چشمان پف کرده بیدار شد ، آرمین پرسید :

" چه اتفاقی افتاده ؟"

گفت :" چیز مهمی نیست دیشب خوابم نمیبرد .، تا صبح بیدار بودم .. آرمین سعی میکرد با صحبت هایش او را متقاعد کند که مسیر زندگی را با شب نخوابیدن و با بیهوده زندگی کردن نمیتوانی عوض کنی ! چاره ای جز تسلیم شدن نداریم . من دلم میخواهد همین طور که تا به امروز نگاه آرام و مطمئن به زندگی داشتی ادامه

دهی ، افکار بد هیچ گاه انتها ندارد . از زندگیت لذت ببر و اجازه بده که او هم پرواز کند روز را با هم مثل همیشه شروع کردند . گوهر کم کم با حرفهای آرمین داشت آرام می شد. از آن طنابی که بدور خودش پیچیده بود سعی میکردکه خلاص شود . ناگهان بخود آمد . گفت :

"آرمین جان من معذرت میخوام این مدت من زیاده روی کردم و باعث ناراحتی تو شدم . "

آرمین خنده ای بر لب آورد و دستش را دراز کرد و او را بطرف خودش دعوت نمود .بدون هیچ کلامی ، پس از چند لحظه گفت :

" عزیزم دلم میخواهد من و تو با هم بریم بیرون هر کجا که تو دوست داری "

گوهر لبخندی زد و گفت : " موافقم"

آنروز برای گوهر روز خوبی بود ، همانطور که با آرمین حرکت میکردند خم شد و آرمین را بوسید و گفت:

"ببین تمام رنگها روشن شده ، درختها سبزتر شدن ، آب ، آبی تر از همیشه ، چقدر در کنار تو و با همدمی تو احساس آرامش میکنم . با خوشی روز را در کنار هم سپری کردند و خودشان را برای آمدن مروارید آماده میکردند.

***

بالاخره روز سوم شد ، روزی که قرار بود مروارید بازگردد . گوهر خانه را غرق در گل کرد و نوشته هایی از قبیل به خانه خوش آمدی را در سالن و در ورودی و اتاق او آویزان کرد دستور داد تا چند نوع غذای مورد علاقه او را بپزنند ، مثل پروانه در خانه پرواز میکرد و منتظر بود تا مروارید از راه برسد .

با شنیدن زنگ در حیاط گوهر بسوی در دوید و او را در آغوش کشید ، انگار که مدتهاست او را ندیده است ، سراپایش را غرق بوسه کرد ، دستش را می بوسید ، موهایش را می بوئید ، انگار میخواست با تمام بدنش احساس کند که او بازگشته است .

آرمین که خودش را با حرکت دادن صندلیش به آنجا رسانده بود گفت :

"گوهر جان به من فرصت میدی که دختر قشنگم را ببوسم "

گوهر خودش را کنار کشید و مروارید به آغوش پدر رفت و سپس مادر بزرگ را در آغوش گرفت و بعد به خانه نگاهی کرد وگفت:

"مگر من کجا رفته بودم که خانه را پر از گل و گیاه و کاغذ کرده اید ؟

پدرش با خنده گفت :" عزیزم مادرت رو که می شناسی "

مروارید وسایلش را در اتاقش گذاشت و بسوی پدرش آمد و روی تخت او نشست و گزارش سفرش را ساعت به ساعت برایش گفت و آرمین را خیلی خوشحال کرد .

***

بالاخره به تعطیلات مدرسه نزدیک شدند . مروارید امسال بزرگتر شده بود و دلش میخواست مثل بقیه دوستانش تابستانی پر از

تفریح و آموزش داشته باشد . در این مورد با گوهر حرف زد. او دوست نداشت که تمام مدت خانه باشد ، گوهر پس از تفکر بسیار و پرس و جو کردن ، اسم مروارید را در کلاس های نقاشی و موسیقی نوشت . در کتابخانه شهر هم برای روزهای مخصوص که برنامه برای نو جوانان و کودکان داشتند اسم او را نوشت . هرچند که گوهر دلش میخواست که مروارید تمام مدت خانه و پیش او باشد اما حق با مروارید بود . او احتیاج داشت که بیشتر با هم سن و سال های خودش باشد. مروارید از برنامه تابستانیش

خیلی خوشحال بود و گوهر از شادی او شاد بود. بالاخره مروارید به اتاقش رفت و آرمین دستش را بدور کمر گوهر انداخت و گفت :

"عزیزم ممنونم که مثل سابق شدی و آزادی بیشتری به مروارید میدهی بگذار او بچگی خودش را بکند و من و تو هم بهم برسیم . تو نمیدانی من هنوز هم مثل روزهای اول عاشق تو هستم "

گوهر بلند شد بوسه ای بر گونه او زد و پنجره را گشود و گفت:" ببین چه هوایی شده میخوای بریم بیرون و کمی قدم بزنیم."

**

حالا دیگر آرمین بعد از تراپی و ورزش بسیار خسته می شد و دلش میخواست بیشتر استراحت کند ، ولی خودش را خوشحال و سرزنده نشان میداد که گوهر ناراحت نشود . گوهر هم مثل پروانه دور او می چرخید .

یک روز صبح سوگل مادر گوهر زنگ زد . او هیچوقت این وقت صبح زنگ نمیزد !! گوهر نگران شد و پرسید که اتفاقی افتاده ؟

مادرش در جواب پرسید : آنجا چه خبره همه چیز خوبه ؟

گوهر تعجب کرد و جواب داد :

"آره مگر چی شده ؟"

مادرش در جواب گفت:" خواب بد دیدم !! خواب دیدم که تو حالت خوب نیست و پیشانیت پر از عرق شده و خیلی ناراحت بودی"

گوهر جواب داد : "مامان ما همه خوب هستیم بیخود این فکر ها

را نکن منم خیلی خوبم "

بعد نگران شد نکند مروارید مریض باشد ؟با عجله به اتاق او رفت مروارید بیدار شده و داشت کارهای رفتن به مدرسه را انجام میداد و آنروز کمی زودتر باید به مدرسه میرفت. گوهر پس از دادن صبحانه او را به مدرسه رساند و بازگشت .

پس از بازگشتن او آرمین به گوهر گفت :

"عزیزم آدم بعضی وقتها خواب بد می بیند ، دلیلی ندارد که حتما اتفاق بیافتد،مادرت بیخود نگران شده و ترا هم نگران کرده ."

پس از خوردن صبحانه آرمین گفت :

"دلم میخواد بریم بیرون واز صدای باد لذت ببریم"

اما گوهر گفت :" صدای ناله باد زیاده و حوصله بیرون رفتن را ندارم"

***

همیشه خانه آنها رنگ عشق داشت ..گوهر هیچوقت نمی گذاشت که احساس آنها کهنه شود همیشه مثل روز اول عاشق هم بودند و از این با هم بودن لذت می بردند .

یک روز گوهر به آرمین گفت :

"آرمین جان .. مروارید یک دوست جدید در مدرسه یافته و دلش میخواد که همه با هم برای اسکی برویم تو موافقی ؟"

آرمین با اینکه کمی احساس درد میکرد و گفت :

"باشه برای آخر هفته قرار بگذار که همه با هم برویم .“ مروارید از این که پدرش موافقت کرده خیلی خوشحال شد و قرار گذاشتند که شنبه بعد از ظهر همدیگر را در پیست اسکی ببینند .مروارید خیلی خوشحال بود و تمام وسایل خودش را از زانو بند و بازو بند و کلاه و بقیه چیز ها که لازم داشت جمع کرد . این اولین باری بود که به اسکی میرفت .

شنبه آقای متین هم به کمک گوهر آمد و صندلی آرمین را بطرف
اتومبیل مخصوص خودش برد و با احتیاط او را سوار کرد و گوهر
و مروارید هم نشستند و همه بسوی پیست اسکی براه افتادند .
آنها زودتر از خانواده باران رسیدند . در این مدت گوهر به مربی
اسکی گفت که مروارید اولین بار است که به اسکی آمده و مواظب
او باشد .

در این موقع خانواده باران هم رسیدند . با هم آشنا شدند . آدم
هایی بسیار خوبی بودند و از دیدن آرمین بر روی صندلی چرخدار

هیچ واکنشی نشان ندادند ، حتی باران هم چیزی نپرسید . بچه ها
لباس مخصوص اسکی را پوشیدند و با مربی بداخل پیست رفتند
و بزرگ تر ها هم روی صندلی کنار آرمین نشستند . خیلی زود با
هم صمیمی شدند

بعد از مدتی گوهر به آرمین گفت :

"اگر حالت خوبه بعد از خاتمه بازی بچه ها به یک رستوران بریم
و همه با هم غذا بخوریم ."

آرمین با اینکه احساس خستگی میکرد ولی از خوشحالی مروارید و گوهر خوشحال بود و پس از بازی بچه ها ، از پدر و مادر باران دعوت کردند که با هم به یک رستوران نزدیک بروند و شام بخورند . آنها هم استقبال کردند و به یک رستوران نزدیک رفته و دور هم شام خوردند . مروارید خیلی خوشحال بود که پدر و مادرش برای او اینقدر ارزش قایل شده اند و سپس به خانه بازگشتند و آرمین بروی تختش رفت تا استراحت کند .

***

کم کم مروارید بزرگتر می شد و توقعاتش بیشتر و آنها سعی میکردند تا خواسته های او را بر آورده کنند .

یک روز مروارید به آرمین گفت :

"بابا فردا میتوانی با من به مدرسه بیایی؟"

آرمین تعجب کرد و پرسید چرا؟

مروارید جواب داد :"قراره من از تو یک نقاشی جلوی هم کلاسی

هایم بکشم ! این نقاشی هدیه تولد تو هم هست ."

***

صبح روز بعد گوهر و آرمین مروارید را به مدرسه رساندند و گوهر ماشین را پارک کرد و با کمک آقای متین آرمین را پیاده کرده و به کلاس مروارید رفتند . بعضی از دوستان مروارید میدانستند که پدر مروارید مشکل جسمی دارد ولی خوب بعضی ها هم با تعجب به او نگاه میکردند . مروارید با غرور پدرش را به همه معرفی کرد و سپس از او خواست تا بیحرکت بنشیند تا مروارید بتواند صورت زیبای او را نقاشی کند .گوهر از اینکه مروارید اینقدر دختر فهمیده و با درکی است بخودش می بالید . و به صورت آرمین نگاه میکرد . احساس کرد که آرمین خسته شده ، در دل دعا میکرد که کار مروارید زودتر تمام شود و او آرمین را بخانه ببرد قبل از اینکه حالش بد شود . بالاخره کار مروارید تمام شد و تصویر بسیار زیبایی از پدرش کشید و بعد با آنها خداحافظی نمود .صورت پدرش را بوسید و گفت برای نهار منتظر او باشند .

***

هنوز هم پس از این همه سال آرمین مثل روز اول عاشق گوهر بود و دوست داشت نهار را کنار پنجره مشرف به باغ با هم بخوردند حالا دیگر مروارید هم از کنار آنها نشستن و از پنجره به بیرون نگاه کردن را دوست داشت و از اینکه همراه پدر و مادرش از این باغ قشنگ لذت ببرد خیلی خوشحال بود . غذا آماده بود که مروارید هم رسید ، بعد ا اینکه آنها را بوسید ، به آنها نگاه کرد ،

با خودش میگفت چقدر اینها عاشق هم هستند و این عشق چقدر زیباست و چشمانش را اشکی پوشانید .

گوهر رویش را بوسید و پرسید :"دختر قشنگم چی شده؟"

مروارید نگاه عاشقانه ای به آنها کرد و گفت :

" خیلی دوستون دارم . "

بعد بلند شد و به اتاق خودش رفت و این دو مرغ عاشق را تنها گذاشت تا با هم راز و نیاز کنند . مروارید حالا آنقدر بزرگ شده

بود که بفهمد ، پدرش زندگی طولانی نخواهد داشت و بزودی او را از دست خواهد . داد .

***

تولد آرمین نزدیک میشد و او هر سال با خود میگفت آیا تا سال آینده زنده خواهد ماند . از اینکه روزی دیگر نتواند نفس بکشد و دیگر نتواند با گوهر و مروارید حرف بزند میترسید. باید خودش را برای چنین روزی آماده کند .

گوهر در تدارک یک میهمانی تولد خیلی کوچک و خودمانی بود فقط خانواده خودش را دعوت کرده بود ولی به آنها گفت که لازم نیست برای آرمین هدیه بیاورند ، یک مجلس خصوصی و خودمانی است . فقط آقای متین و شیده و خانم دکتر و مروارید و خودش به همین سادگی تولد او را جشن میگیرند .

خانم دکتر میدانست که شاید آخرین سال زندگی آرمین باشد ، اما چیزی به گوهر و مروارید نمیگفت . ولی دکتر به او و آرمین حقیقت را گفته بود .

صبح روز تولد آرمین ، خانم سمندریان به آتاق آنها آمد ، با لبخندی که پشت چشمهای غمگینش پنهان کرده بود آرمین را در آغوش گرفت و بوسید و برایش آرزوی عمر طولانی همراه با خوشبختی نمود و به گوهر گفت که عصر زود باز خواهد گشت .

گوهر بعد از خوردن صبحانه عاشقانه ای همراه با آرمین ،به آشپزخانه رفت تا تدارکات آنروز را بدقت ببیند که چیزی کم نباشد . کیک قشنگی سفارش داده بود که می آوردند . غذاهای

ایرانی که آرمین دوست داشت را هم به رستوران سفارش داده بود قبل از آمدن میهمان ها آقای متین ، آرمین را به حمام برد و کت و شلوار شیکی بر او پوشانید و وقتی او را به سالن آورد ، دل گوهر از زیبایی او لرزید ، هنوز هم عاشقانه ، مثل روزهای اول او را دوست میداشت .

مروارید هم لباس زیبایی پوشید و موهایش را که شبیه موهای گوهر شده بود بطور زیبایی آرایش کرد و منتظر پدر بزرگ و مادر بزرگ و صدف بود .

اول خانم دکتر بخانه رسید و رفت تا برای میهمانی آماده شود و سپس خانواده گوهر رسیدند . مروارید بسوی آنها دوید و خودش را در آغوش مادر بزرگ انداخت و سپس یکی یکی را بغل گرفت و بوسید ، حتی پدر بزرگ گوهر که دیگر خیلی پیر و از پا افتاده شده بود هم آمده بود.

آنها برای آرمین یک سبد گل زیبایی آورده بودند ولی یک پاکت بزرگ برای مروارید هدیه های جور واجور که میدانستند او دوست دارد آورده بودند و مروارید از دیدن آنها خیلی خوشحال شد ، با اینکه هر چه میخواست گوهر فورا برایش میخرید ولی هدیه گرفتن را دوست داشت مخصوصا از طرف کسانیکه خیلی دوستشان داشت .

شام آنشب با اینکه شرایط آرمین زیاد خوب نبود ولی به خوبی و خوشی پایان گرفت و پس از اینکه کیک زیبای او را آوردند و همه با هم تولدت مبارک را برایش خواندند پایان گرفت و میهمانان رفتند .آرمین خیلی خسته شده بود و آقای متین او را به اتاقش برد و پس از تعویض لباس او را روی تخت خوابانید تا استراحت

کند . گوهر خودش را با قرص ها به او رسانید ، خیلی نگران
نفس کشیدن او بود و اگسیژن را به او وصل کردند . تا بهتر بتواند
نفس بکشد ، پس از مدتی آرمین به خواب رفت . گوهر به حیاط
رفت تا نفس تازه ای بکشد ، او نمیخواست باور کند که آرمین
ممکن است به آخر خط رسیده باشد و مرتب به او میگفت تو
زنده خواهی ماند ، همانطور که این پانزده سال را با من زندگی
کردی ، وقتی من برای پرستاری تو آمدم حالت از الان خیلی بد
تر بود . تو باید به ورزش ها ادامه بدی تا عضلاتت زنده بمانند
.اما گاهی نا امید می شد ولی فکر اینکه روزی آرمین در زندگی
او نباشد دیوانه اش میکرد . به اتاق کارش رفت ، نشست و
دل تنگی هایش را نوشت ، بعد کاغذ و قلمی برداشت و به کنار
آرمین آمد میخواست صورت خسته او را بر روی کاغذ ضبط کند
. بالاخره نزدیکی های صبح خسته شد و به رختخواب رفت تا
کمی بخوابد .

***

چند روزی گذشت ، اما حال آرمین رو به بهبود نمیرفت .

یک شب بعد از شام به گوهر گفت :

"دلم میخواد بریم توی باغ و زیر آن درخت کهنسال بنشینیم و مثل روزهای اول حرف بزنیم ."

گوهر صندلی او را بطرف باغ برد و زیر درخت دل خواه او قرار داد و خودش هم یک صندلی به نزدیک او کشید و کنارش نشست و سرش را به شانه او تکیه داد .آرمین آهسته شروع به صحبت کرد.

"عزیزم شاید کسی در دنیا اینقدر زندگی کردن را دوست نداشته باشد که من دوست دارم در کنار تو و مروارید زنده بمانم ، آرزویم این است که فارغ التحصیلی او را ببینم ، موفقیت او را ببینم ، عزیزم من ازت خیلی ممنونم تو آرزوی های محال مرا زنده کردی هرگز فکر نمیکردم که روزی بچه دار شوم و در کنار زنی اینقدر احساس خوشبختی کنم . اما چه میشود کرد قسمت ما هم چنین بود ، من میدانم که روز به روز دارم بسوی مرگ میروم ، حالا دیگر با درد زیاد ورزش میکنم ، فقط بخاطر تو ، بخاطر مروارید !! اما

میدانم که حالم دارد بد و بدتر میشود .. بزودی روزی خواهد رسید
که شاید دیگر نتوانم حرف بزنم ، دیگر نتوانم موهای قشنگ ترا
نوازش کنم ، نتوانم بدون دستگاه نفس بکشم ...من آینده تو و
مروارید را تامین خواهم کرد و امیدوارم همانطور که تا بحال زن
بسیار موفقی بودی در آینده هم این را ثابت کنی .. مطمئنم که
مروارید هم دختر خیلی قوی مثل تو خواهد شد .. متاسفم عزیزم
که بیشتر از این نمیتوانم همسفر تو باشم .."

بغضی گلویش را فشرد و دیگر نتوانست که حرف بزند ، گوهر

خودش را به بازوی او چسبانده و گریه میکرد ... شاید آرمین
درست میگوید و آنها به آخر خط رسیده اند .

صحبت های آرمین نشانه یاس و رسیدن به خط پایانی زندگی
بود ، گوهر دیگر حالش خوب نبود ، بعد از رها کردن آرمین در
تخت خودش روی او را بوسید و بطرف اطاقش رفت . با خود
خیلی فکر کرد که چه میتواند بکند ، پشت میزش قرار گرفت و
از حالتش نوشت از آنچه که حس میکرد و از رخنه کردن این

احساس در رگهایش نوشت . احساس کرد دختر کوچکی است که با باد می رقصد ، لازم نبود به حیاط برود ، در همان اتاق خودش را در دشت بزرگی احساس میکرد ، موهایش در باد به رقص در آمده بودند ، و با صدای بلند گریه میکرد . گریه هایش در گوش طبیعت می پیچید ، گوهر پلکهایش را برای چند لحظه بست و سکوتی ژرف در انتهای سیاهی شب بر قرار شد . سکوتی تبدار و سنگین ، ناگهان از آن افکارش بیرون آمد و به اتاق خواب بازگشت و در کنار آرمین دراز کشید و به حقیقت پیوست . حقیقتی تلخ که در کنارش خواب بود ، خورشید آرام آرام در حال

آمدن به پشت پنجره بود که گوهر در خوابی شیرین فرو رفت .

در همان مدت کمی که بخواب رفته بود ، خوابهای آشفته و بد باعث شد که نتواند استراحت کند . دلشوره داشت ، احساس میکرد بزودی زندگیش دستخوش طوفانی عظیم خواهد شد. گوهر چشمهایش را باز کرد و خودش را در آغوش آرمین کشاند و گفت :

" میخواهم امروز صبحانه خوبی با هم در کنار پنجره داشته

باشیم"

آرمین گفت :" عزیزم نگران مباش گفتم امروز برایمان یک صبحانه خوشمزه درست کنند"

شیده میز پشت پنجره را بخوبی آراست و آقای متین سبد گلی زیبا را که قبلا تهیه کرده بود آورد ، مروارید هم به آنها پیوست .آرمین پانزده سال پیش در کنار همین پنجره بارها می نشست و به آخر زندگیش فکر میکرد ، حالا با یاد گذشته اش خوش بود. همگی روز خوبی را باهم داشتند ، چهره آنها از شادی میدرخشید .

آؤمین گفت :"عزیزم گوهر نازنینم میدونی که امروز پانزده سال از

ازدواجمان میگذرد . ما زندگیمان را با وجود مروارید کامل کردیم کنار هم با عشق زندگی کردیم ، من از تو و گذشت های تو همیشه سپاسگزارم ."

گوهر از این همه گذشت و بزرگی که او داشت قلبش به تبش در آمد ، آرمین را در آغوش کشید و بوسید . آرمین دوباره گفت :

"من دیگر به هیچ چیز اهمیت نمیدم اکنون برای من آینده تو و مروارید مهم است دوستتون دارم تا آخر دنیا"

مروارید چهارده ساله هم درکنار آنها نشسته و ناظر این همه صفا و صمیمیت بود ، با خود اندیشید حیف که باید آنها را تنها بگذارد و به مدرسه برود .گوهر لبخندی زد و گفت :" آرمین جان"

و جواب شنید "جانم"همان جان گفتنش دوباره گوهر را منقلب کرد.

" یاد ته به آن کلبه کوچک جنگلی رفتیم و چقدر به ما خوش گذشت ! "

آرمین لبخندی زد و جواب داد:

"هیچوقت آن سه روز را فراموش نمیکنم "

گوهر ادامه داد:" بیا باز هم تکرارش کنیم ، روح من وتو در باره تازه میشه "

آرمین دست نوازشی بر موهای زیبای گوهر کشید و گفت :

"من فکر نمیکنم قادر باشم به این سفر بیایم ، شاید در آینده کمی بهتر بشم و بتونم با تو قدم به آن دنیای سحر آمیز بگذاریم ،حالا خواهش میکنم کمکم کن تا به اتاقم برم"

گوهر او را به اتاقش باز گردانید ، آه بلندی کشید و با خود گفت دیگر شاید هرگز با آرمین به آن کلبه نروم و به اتاق خودش پناه برد تا کسی اشک هایش را نبیند . او هیچوقت به مردن آرمین به این نزدیکی ها فکر نکرده بود ..

عصر به اصرار مروارید برای خرید از خانه بیرون رفت شاید روحیه اش بهتر شود .

ساعتی بعد زنگ در خانه بصدا در آمد و آقایی پشت در بود شیده درب را گشود . او وکیل خانوادگی آنها بود و آرمین از این موقعیت که گوهر خانه نبود استفاده کرده و به او زنگ زده بود . بعد از اینکه شیده او را به اتاق آرمین راهنمائی کرد . آرمین به شیده گفت که برای میهمان چایی بیاورد . سپس آرمین برای وکیل توضیح داد که میخواهد وصیّت نامه ای تنظیم کند و تمام دارایی

خودش را برای گوهر بگذارد . البته منظور آرمین ثروتی بود که از پدرش به او می رسید و در یک وصیت نامه خانوادگی بود و آرمین میخواست که تمام سهم او از آن ثروت به گوهر برسد نه فقط اموال مشترک آنها . قبل از آمدن گوهر وکیل خانه را ترک کرد .

**

چند روز گذشت و حال آرمین روز به روز بد تر می شد ، گوهر سعی میکرد مثل گذشته به او امید بدهد ، اما آرمین مرگ را پذیرفته بود و روز به روز حالش بدتر می شد . دیگر دکتر ها تصمیم گرفتند که ورزش و فیزیوتراپی را متوقف کنند ، چون بدن او دیگر نمیتوانست تحمل آن همه درد را داشته باشد ، بیشتر

مواقع بخاطر مرفین زیادی که به او میدادند ، او خواب بود . گوهر خیلی بی تابی میکرد ولی مروارید مثل یک دختر خانم بزرگ دردهای پدرش را احساس میکرد و میدانست که باید برای یک اتفاق بد خودش را آماده کند .

کم کم نفس کشیدن او مشکل شد ، آب دور قلب او را گرفته بود و

عضلات ریه ها از کار افتاده بودند . گوهر که میدید بود و نبودش در کنار آرمین یکسان است به اتاق خودش میرفت و ساعت ها گریه میکرد . بعد که کمی حالش بهتر می شد دوباره به کنار آرمین باز میگشت و بر بدن بی حال او بوسه میزد . می دید که بدنش دارد یخ میکند ، دیگر حتی چشم هایش را هم باز نمیکرد. اما هنوز زنده بود .

یک شب که برای شام خوردن آماده می شدند ، گوهر به اتاق آرمین رفت تا او را آماده کند ، اما دریافت که حال او اصلا خوب نیست .آرمین نمیخواست به او بگوید که چه درد کشنده ای را دارد تحمل میکند .گوهر کنارش نشست ،آرام سرش را خم کردو صورت بی نورش را بوسیدو سعی میکرد بدن بی حرکت آرمین را نزدیک خودش نگهدارد . بالش سفیدی را زیر سرش گذاشت تا سرش را بالاتر بیاورد. در اعماق وجودش دیگر آن نور زندگی را نمی دید...دنیا برای گوهر خیلی کوچک شده بود و فقط آرمین را می دید و بس !!حتی صدای بهم خوردن در را هم نشنید . خانم

دکتر بود، که آمده بود سری به آرمین بزند او خوب میدانست که آرمین چند روزی بیشتر میهمان آنها نیست. صدای نفس هایش خیلی آرام شده بود . گوهر پرسید چه میخواهی اما جوابی نیامد دوباره پرسید :

" میخوای برات نوشابه بیارم؟"

باز هم جوابی نیامد . دوباره پرسید میخوای برات کتاب بخونم ..با سر جواب داد نه . خانم دکتر به کنارش آمد ، قطره های عرق روی پیشانی و گونه هایش نمایان شده بود .خانم دکتر گفت :

" او تب داره باید به بیمارستان منتقل بشه .."

بلافاصله به آورژانس زنگ زد . آمبولانس آمد چند دستگاه به او وصل کردند و او را به بیمارستان بردند .

دکتر دستور داد که به او مرفین تزریق کنند .همه فامیل آنجا جمع شده بودند لحظات دلخراشی برای همه بود .خانم دکتر سمندریان مرتب صورتش را می بوسید . گوهر در کنارش ایستاده بود و

تلاش میکرد با او حرف بزند. با دستمالی عرق صورتش را پاک میکرد که متوجه شد او میخواهد چیزی بگوید.سرش را به گوش او نزدیک نمود که ببیند چه میخواهد ؟ آرمین آهسته به او گفت :" دوستت دارم و ازت ممنونم"

گوهر گریه امانش نداد بسوی پنچره دوید تا آرمین اشکهایش را نبیند ..از همانجا به او نگاه میکرد که قفسه سینه اش چگونه بالا و پائین میرود..و بسختی نفس می کشد..گوهر نرس را خبر کرد ولی او گفت فعلا همه چیز خوب است .. گوهر کنارش نشست و کتابی را در دست گرفت که بخواند... ولی همه اش بصورت دردمند او خیره می شد.اضطراب و نگرانی در وجودش شعله میکشید. روی صورتش خم شد ..هیچ حرکتی نداشت. به دکتر کینگ زنگ زد . او دوباره به اتاق بازگشت و او را معاینه کرد . در صورت دکتر هم آثار غم و نا امیدی دیده می شد ..فقط به گوهر گفت که از کنارش دور نشود حتی برای یک دقیقه .گوهر آهسته در گوش او گفت:

"تو تنها کسی بودی که مرا می فهمیدی و دوستم داشتی و درکم میکردی در حالی که در تو هیچ غروری نبود و از من هیچگاه خسته نمی شدی و انتظاری از من نداشتی ! من بی تو چه کنم ؟ مگر قرار نبود که با هم باشیم ، سعی کن شاید کمی بهتر بشی !! بخاطر من "

گوهر گلویش خشک شده بود..و هزاران هزار سوال در ذهنش او را رنج میداد . چشم بدهان آرمین دوخته و منتظر یک کلام از او بود ..بالاخره آرمین با صدای ضعیف و نحیفش گفت :"

" عزیزم سالهای درد و رنج ترا خوب میفهمم ..اما چه کنم که دیگه فرصتی ندارم.." و بعد ناگهان ساکت شد . گوهر سعی میکرد او را به حرف زدن وادار کند ولی دیگر از او هیچ صدایی بر نمی آمد، خانم دکتر بازوی گوهر را گرفت و او را به بیرون هدایت کرد ولی او بلافاصله به اتاق آرمین بازگشت... نمیوانست بفهمد چه بر سرش آمده است ..او هنوز هم احساس پوچی میکرد که چرا آرمین را خوب نفهمیده بود ..بغضی تمام نشدنی در گلو داشت . و دلش میخواست گوشه تنهایی پیدا کند و برای مدت طولانی اشک

بریزد ..برای او که الان روی تخت بیمارستان افتاده بود و دیگر حتی نمیتوانست حرف بزند. آنشب تا صبح کنار پنجره ایستاد و باغ را تماشا کرد انگار میخواست آخرین تصویر آرمین را در دلش نقاشی کند و برای چیزی که داشت و چنین با سرعت داشت از دستش میرفت اشک میریخت. بعد به کنار او آمد شاید آرمین صدای او را می شنود !

در گوشش میگفت :" عزیزم یادت باشد که چقدر دوستت دارم این خیلی مهم است که بدانی ..چقدر دوستت دارم."

فاصله بین او و آرمین پر بود از حرفهای ناگفته و کارهای انجام نشده . این لحظات بدترین قسمت زندگی گوهر بود ..آرمین دیگر حرفی نمیزد.ولی گوهر مرتب میگفت که شاید او را مجبور به سخن گفتن کند .هر چند که دکتر ها قطع امید کرده بودند ولی گوهر کوشش بچه گانه ای میکرد که شاید او را به حرف بیاورد و به زندگی برگرداند. سعی میکرد دستش را در دست های او قفل کند اما آرمین چنین نیرویی نداشت و نمیتوانست دست او را بگیرد. بغضی آن چنان گلوی گوهر را فشار میداد که او احساس

کرد نمیتواند دیگر نفس بکشد بسوی بیرون از اتاق دوید تا کمی

نفس بکشد. آنقدر بیرون نشست و زار زد تا هما خواهر آرمین

آمد و او را صدا زد. با عجله به اتاق بازگشت . صورت آرمین می

درخشید ناگهان گوهر نوری را دید که از لای در به داخل اتاق می

تابد و آن نور آهسته بطرف تخت آرمین میرفت و آرمین را در بر

گرفت . گوهر احساس بی وزنی میکرد. در یک آن صدای آرمین

را شنید که میگفت :

" عزیزم سالهای درد و رنج ترا همیشه شاهد بودم اما چه کنم ؟"

آن نور بسیار خیره کننده و عجیب بود. ناگهان صدای آرمین را

شنید که گفت :" رها شدم " گوهر دلا شد و آخرین بوسه را بر

صورت او زد..و آهسته ملافه سفید را بر روی صورت او کشید.

و از اتاق خارج شد.

و یاد شعر سهراب سپهری افتاد که میگوید:

"ناگهان صدایش باغ را در خود جاداد

صدایی که به هیچ شباهت داشت

این صدا در تاریکی زندگیم رها شده بود

ناگهان نوری دمید

پیگری روی تخت افتاد..."

همه بسوی او دویدند ، مادرگوهر او را در آغوش گرفت و مادر آرمین بدرون اتاق دوید و پیگر بی جان او را برای آخرین بار در آغوش گرفت...

***

آرمین در سن چهل و هشت سالگی آخرین هوای زندگی را از سینه بیرون داد وهمه جهان را ترک کرد.گوهر فریاد میزد ، همه سعی میکردند او را آرام کنند ولی او باور نمیکرد که بهمین سادگی آرمین را از دست داد باشد. او فکر میکرد که از درون تهی شده است. باورش نمیشد که میتواند بدون آرمین زنده باشد . واکنشی به هیچ کس نشان نمیداد ، جز اینکه اشک بریزد . چنین ضربه ای را نمیتوانست تحمل کند ، فکر از دست دادن آرمین داشت دیوانه اش میکرد .خانم دکتر بیرون آمد و او را در

آغوش گرفت و دستهای او را در دست گرفت .. فقط به چشمهای او نگاه میکرد   قلب گوهر مثل کبوتری که بال بال میزند داشت از سینه اش بیرون می آمد.. چگونه باور کند که آرمین برای همیشه رفت و او را تنها گذاشت..خانم دکتر گفت :

" چهل و هشت سال پیش در همین بیمارستان خداوند پسری به من عطا فرمود که امروز او را از دست دادم ."

گوهر مثل یک مجسمه شده بود ، باورش نمیشد که میتواند بدون آرمین زندگی کند . او فکر میکرد که از درون تهی میشود واکنشی به هیچ کس و هیچ چیز نشان نمیداد..یعنی تمام شد؟ آرمین رفت و او را در این دنیای بزرگ تنها و بدون حامی رها کرد...؟ جلوی اشکهایش را نمیتوانست بگیرد . چنین ضربه ای را نمیتوانست تحمل کند . فکر از دست دادن آرمین داشت دیوانه اش میکرد .

مروارید هم گوشه ای ایستاده بود با صدای بلند گریه میکرد و برای دقایق آخر به پدرش می نگریست که چه زود او را از دست

داده بود. اوبا اینکه از قبل خودش را آماده برای چنین روزی کرده بود اما قلب کوچکش نمیتوانست غم به این بزرگی را تحمل کند به آغوش مادر دوید و در آن گم شد.

***

گوهر مثل یک مجسمه در تمام مراسم ها شرکت کرد .. با چشمانش دید که عزیز ترین کسش را به زیر خاک گذاشتند .. دیگر حتی اشکهایش هم خشک شده بودند .مردم مرتب به خانه آنها می آمدند ولی گوهر سعی میکرد که از همه فرار کند به گوشه اتاق آرمین پناه میبرد و سرش را بروی تخت میگذاشت و او را می جست .

در مراسم هفت او، مروارید نوشته بسیار زیبایی راکه برای پدرش نوشته بود و از عشق پدرش به مادرش سخن میگفت خواند و باعث شد که همه گریه کنند .سپس بسوی گوهر رفت و او را بوسید و یک شال سفید را از پاکتی در آورد و روسری سیاه مادرش را برداشت و شال سفید را به دور سر او پیچید و گفت:

"مادر! پدر هیچوقت دوست نداشت که ترا غمگین ببیند ، او در
همه حال ما را می بیند ، این روسری سیاه را بر سر نکن تا دل او
را شاد کنی "

گوهر او را ناگهان در آغوش گرفت و بغضی که در گلو داشت
ترکید و به صدای بلند گریه کرد.

بعد از اینکه شام را صرف کردند مردم یکی یکی رفتند ، گوهر و
مادر شوهرش تنها شدند . در این موقع خانم دکتر با مهربانی کنار
او نشست و با او همدردی نمود و سپس نامه ای را به او داد، گوهر
نامه را گشود دست خط آرمین بود.

نامه را برداشت و به حیاط رفت زیر درختی که سالها با هم زیر
آن نشسته و حرفهای عاشقانه به هم گفته بودند نشست ، انگار
آرمین در آنجا منتظر او بود! در زیر درختی که همیشه سایه بان
عشق آنها بود و شاهد تمام خوشبختی های گوهر و چنین خواند .

"گوهر عزیزم ، میدانم اکنون که تو این نامه را میخوانی من دیگر
نیستم و ترا با آنهمه عشق و محبت و ایثار تنها گذاشته ام . اما

عزیزم شاید من خوشبخت ترین مرد دنیا بودم و بهترین زندگی را در کنار تو گذراندم ، شاید اگر تو به زندگی من نیامده بودی من سالها پیش مرده بودم .اکنون هم مطمئن باش که همیشه با تو هستم

و این احساس را نکن که من رفته ام . شاید کالبد خاکی من در کنارت نباشد ، اما روح من همیشه با توست.

عزیزم این نامه را به این دلیل می نویسم که تو بدانی که چقدر زن خوب وایثارگری بودی ، آنچه تو از من میخواستی درکنار تو بودن بود .. و همین خواستن مرا پانزده سال زنده نگه داشت. تو هرگز در مورد ثروت و دارایی من چیزی از من نپرسیدی ؟ثروت من اصلا برای تو اهمیتی نداشت . اما بدان که من مرد ثروتمندی بودم و تمام این ثروت ، سهام ، موجودی بانک و کلبه ای که در جنگل دارم به تو میبخشم .مادر و خواهر من از این تصمیم من خبر دارند و وصیّت نامه مرا امضا کرده اند . از تو میخواهم که هیچ چیز را از مروارید دریغ نکنی و او را هم مثل خودت یک دختر ایثارگر و مهربان بار بیاری و در تحصیل او بکوشی . او را هدایت کنی، دلم

میخواهد او هر چه میخواهد در زندگی داشته باشد البته در زیر نظر و راهنمایی های تو .این وصیت نامه از نظر حقوقی ارزش کامل را دارد و من در هوش و حواس کامل آنرا نوشته ام ، مادر ،خواهر و وکیلم آنرا امضاء کرده و هیچکس نمیتواند در آن

تعرضی کند

شوهری که با تو خوشبخت ترین مرد دنیابود .. آرمین "

***

گوهرداشتن این همه ثروت برایش معنی نداشت ، او بدنبال پول به این خانه نیامده بود ..آرزوی او،از روز اول خوشحال کردن آرمین بود و احساس خوشبختی به او دادن .گوهر همیشه دختری شاد و خندان بود ، هیچکس قیافه او را غمگین ندیده بود او در بدترین شرایط به آرمین روحیه میداد ، با یک لبخند ، یک گل مریم سفید یک حرف قشنگ. اما حالا دیگر نمیخندید ، دلش میخواست پرواز کند و بسوی آرمین برود . حتما بالای ابرها آرمین در انتظار او بود .. چگونه آرمین توانسته بود که چنین از گوهر

بگذرد . اما مرگ که عشق و دوست داشتن سرش نمیشود. همه کسانیکه آرمین را می شناختند متفق القول میگفتند که او بهترین شوهر و پدر در این زمانه بوده است.با اینکه خانواده اش با ازدواج آنها موافق نبودند اما او با تن علیل ولی روحی قوی با همه جنگید و ثابت کرد که لیاقت شوهر بودن و پدر بودن را دارد، هرچند که عمر آنرا نداشت.

گوهر روزها را با بقیه میگذراند اما شبها به اتاق آرمین میرفت انگار آنجا سرزمین رویاهای او بود و میتوانست روح آرمین را لمس کند و همه درد دلهایش را برای آرمین بگوید گاهی با او مشورت هم میکرد و اکنون دل به این خوش کرده بود که این اتاق میعاد گاه او و آرمین است.

***

مدتها طول کشید تا گوهر بتواند به زندگی عادی باز گردد و تصمیم بگیرد که چکار باید بکند . او فقط میخواست کارهایی را انجام دهد که روح آرمین را شاد کند.او به این همه ثروت احتیاجی

نداشت . تصمیم گرفت که به مدرسه بازگردد . حالا که دیگر نگرانی آرمین را نداشت و میتوانست به تحصیلاتش ادامه دهد . همان سال در دانشگاه اسم نوشت و شروع به درس خواندن کرد اما لحظه ای نبود که به آرمین و لحظات خوبی که با هم داشتند

فکر نکند . انگار او درس را برای خشنودی روح آرمین میخواند. وقتی که او لیسانسش را گرفت ، مروارید هم از دبیرستان فارغ التحصیل شد . مروارید با بهترین نمرات قبول شده بود و در یکی

از دانشگاه های سرشناس سانفرانسیسکو ثبت نام کرد.

روزی که او با نمراتش بخانه آمد فریاد زد مادر بیا ببین که دخترت با چه موفقیتی قبول شده است . گوهر او را در آغوش گرفت و سپس مادر بزرگ و بقیه ،ولی گوهر به اتاق آرمین دوید تا این مژده را به او بگوید . خانم دکتر هم این خبر را به همه فامیل داد. او هم اشک میریخت که چرا آرمین در چنین روزی نیست تا به دخترش افتخار کند . آنشب همگی به افتخار این موفقیت مروارید به رستوران رفتند و جشن گرفتند همه فامیل بودند جز آرمین که

نبودش روی سینه گوهر فشار می آورد.

گوهر تصمیم گرفت که با کمک ثروتی که برایش مانده شرکتی دایر نماید و مردمی که احتیاج به کار دارند در آن بکار بگمارد و از منافع شرکت به دانشجویانی که استطاعت مالی ندارند که به

دانشگاه بروند کمک کند که روح آرمین در آن دنیا خوشحال باشد به کودکانی که بیماریهای شدید داشتند و والدین آنها نمیتوانستند از عهده مخارج آن بر آیند کمک میکرد . مطمئن بود که آرمین همه این چیز ها را می بیند و خوشحال است.اما شب ها وقتی همه

می خوابیدند او به اتاق خودش و آرمین میرفت و در را می بست و ساعتها با آرمین خلوت میکرد و به راز و نیاز می پرداخت ، همه چیز را برایش تعریف میکرد مخصوصا موفقیت های درسی مروارید را .

مروارید بزودی لیسانس گرفت و برای دوره فوق لیسانس رفت و با پسر بسیار خوبی بنام مجید آشنا شده بود و حالا از او خواست تا با خانواده او آشنا شود .دیگر وقت آن بود که جدی به این مساله

نگاه کنند . مجید هم با روی باز پذیرفت و به دیدار گوهر و خانم دکتر سمندریان آمد.

گوهرچون از عشق مروارید به مجید خبر داشت خیلی مادرانه با او برخورد کرد و از دیدنش خوشحال شد و چندشب بعدجشن

مفصل برای فارغ التحصیلی مروارید گرفت و نامزد مروارید را به همه معرفی کرد و برایشان آرزوی خوشبختی نمود و خوشحال از اینکه وصیت آرمین را عمل کرده و مروارید را به خوشبختی که خودش دوست داشت رسانده .

شرکت آرمین و گوهر هر روز بزرگتر می شد و اوخستگی ناپذیر به همه کارها و کارمندان سرکشی میکرد با همه آنها با احترام احوال پرسی می نمود ، و مشکلات همگی را بر طرف میکرد . قسمت مهم کارش مراقبت از کودکان تحت تکفلش بود که حالا تعدادشان به بیش از صد ها رسیده بود ودر این قسمت خانم ها و آقایان زیادی مشغول بکار بودند .

گزارش های بنیاد آرمین از شرایط زنان و کودکان همیشه مورد

توجه گوهر بود و بیشتر اوقاتش در این بنیاد سپری می شد.

در این زمان سرپرستی خیریه را بطور کامل به مروارید واگذار کرد . گوهر دیگر بندرت سری به موسسه خیریه میزد . مروارید و صدف و دیگر دختران و پسران آن موسسه از عهده تمام

برنامه ها ی آنجا بر می آمدند .

گوهر هیچگاه حاضر نشد که دوباره ازدواج کند ، تمام وجود او پر از عشق آرمین بود ، وتصمیم گرفت تا آخر عمرش با یاد اولین و

آخرین عشقش زندگی سر کند .

گاهی او قات آخر هفته به همان کلبه جادویی میرفت ، آنجا تنها مکانی بود که احساس میکرد روح او وآرمین در هم می آمیزد، و وجود او را حس میکرد .

گوهر بقیه عمرش را دوست داشت به کارهای مورد علاقه اش مثل ،نقاشی و نویسندگی بگذراند.او هیچوقت تنها نبود .و همیشه سایه آرمین را در کنار خویش میدید و خیلی مصمم و عاشقانه به کارهایش میرسید . در موسسه خیریه آرمین ، که هزینه اش

از بازده شرکت آرمین بود مروارید با ایثارگری این ثروت را در راهی که مادر و پدرش آرزو داشتند خرج میکرد تا دختران دیگری بخاطر کمک به خانواده هایشان مجبور به ترک تحصیل و کار کردن نشوند.

حالا دیگر گوهر با خاطری آسوده بدنبال گرفتن دکترا بود .. با هوش فراروانی که داشت در رشته دل خواه خودش قبول شد و

با نمرات بالا به دریافت درجه دکترا نایل آمد. و امروز روزی بود که داشت میرفت تا مدرک دکترای خودش را بگیرد .. خانم سمندریان ، مروارید ، مجید ، و خانواده او همه در روی صندلیهای جلوی سکوی نشسته بودند که بلند گو نام گوهر را اعلام نمود بنام دانشجوی افتخار آمیزاین دانشگاه که امروز فارغ التحصیل می شد

گوهر از پله های سکوی بالا رفت و در حالی که اشک میریخت دانشنامه را از دست رئیس دانشگاه دریافت نمود با چشمانی پر از اشک به آسمان نیمه ابری نگاه کرد بالای ابرها ! آرمین آنجا با

قامتی بلند ایستاده بود ، واز موفقیت گوهر خیلی خوشحال بود و برایش دست تکان میداد ..گوهر بی اختیار کلاهش را برداشت و بسوی آسمان برای آرمین پرتاب کرد وسپس خودش را در آغوش خانواده اش انداخت . او پیروز شده بود حتی اگر ظاهرا آرمین در کنارش نبود .

پایان

اروین کالیفرنیا

جولای

۲۰۲۱

تیر ماه ۱۴۰۰

مهین شاهین پر